失恋後、険悪だ
砂糖菓子みたい
JN053989
じみが
七夕のち幻影～
author
七鳥未奏
illust
うなさか

Reika
Shiki
四季玲香

「あたしじゃ、その先輩の代わりになれませんか？」
「え？」
先輩の代わりって、それはつまり――。

Kokoa
Shirayuki
白雪心愛

「悠は……悠は、私と付き合ってください！」

付き合えって——。

Yu
Sawatari

沢渡 悠

と、その時、キキーっと車輪が擦れる音がして、列車が止まった。
どうやら、どこかの駅に着いたらしい。
降車するための扉が開く。
「さて、悠ちゃん、ここでお別れだよ。
この列車、どうやら私のいる世界の方に向かってるみたいだから」

Reiko Aida
蓬田怜子

# CONTENTS



ILLUSION AFTER TANABATA

author: Sou Nanaumi
illust: Unasaka

# 失恋後、険悪だった幼なじみが砂糖菓子みたいに甘い2

～七夕のち幻影～

七烏未奏

講談社ラノベ文庫

口絵・本文イラスト／うなさか
デザイン／杉山絵
編集／庄司智

# 第0・75章　羨望のち共感

昔々、ある日の放課後のこと。

「昨日ね、不思議な夢を見たの。宇宙で列車に乗ってるんだけど、そこに悠ちゃんも一緒にいる夢。でね、私は未来にやってきてて、未来の悠ちゃんと話してるの」

「『銀河鉄道の夜』みたいですね、俺好きですよ」

「へえ、悠ちゃんって、宮沢賢治が好きなんだ」

突然、好きな作品を思わせる話を振られた俺は、子供の頃から好きだった本の名前を口にした。

宮沢賢治の『銀河鉄道の夜』は、宇宙列車に乗る不思議な夢の中で、自己犠牲で命を失った友人であるカムパネルラと邂逅して、「ほんとうのしあわせ」を求めて旅をする話だ。

主人公であるジョバンニが、孤独と向き合い幸福について考える話でもある。

「理由は自分でもわからないんですけどね。なんだろう、こういう時に正しい感情って……ええっと……」

「共感」

俺がその言葉を見つけるより前に、まるで俺の心を見透かしているかのように、先輩は正しくその感情を拾ってみせた。

「わかるよ。なんとなく、共感しちゃうんだよね。時々、意味のわからない言葉やシーンがあっても、この物語が自分に向けられているかのような。他人に認められたような優しい気分になって、嬉しくなってしまう」

俺は、黙ってこくりと頷いた。

本当は触って欲しいけど、誰にも触れてもらえない、そんな心の奥底を優しく撫でてもらえるような。

「先輩は、宮沢賢治は好きですか？」

「好きだよ。綺麗で優しくて、でも綺麗すぎるせいで、汚いものを一切合切拒絶してしまうような、飴細工のようなお話。知ってる？　太宰治が好きな人って、宮沢賢治が嫌いなことが多いんだって。理由は、正反対だから」

太宰治といえば、『人間失格』や『走れメロス』などで有名な作家だ。熱心に読んだわけではないが、有名な作家なので当然内容は知っている。他人に迷惑をかける、人でなしを描くイメージが強い。

メロスは激怒したとはいうが、政治のわからないやつがちょっとした噂話を真に受けて王を暗殺しようとした挙げ句、友人の首までかけてしまう酷い話だ。

捏造デマ政治ツイートに引用RTして講釈を垂れてしまうくらい短絡的な人種である。

俺にはあまり理解できそうにないし、好きにはなれないだろう。

「宮沢賢治が綺麗な物語を書く純粋な作家だとすれば、太宰治は人間の醜さを描く純粋な作家。水と油なんだって、世間ではそう言われてる。悠ちゃんはどう？」

「うーん、ピンとこないですね」

「わからないってこと？」

「そもそも、そんなに読書家というわけでもないですし」

でも、今の先輩の話を聞いて、ちょっとだけこんなことを思った。その素直さが、羨ましいなと。

「なるほどね。ちなみに私はどちらかといえば、太宰治の方が好きです」

「そうなんですか？」

「うん。そっちの方がね、共感できるから」

そして、先輩がそう言った時に。

俺はなんとなく、本当になんとなくだけど、先輩に憧れてしまった理由が、わかった気がした。

# 第4章　意識ときどきじれじれ

六月もなかばに入り、季節は本格的に夏。制服の衣替えも終えた学校では、下旬に行われる体育祭へ向けての準備が多くなってきた。

体育の授業時間だけでなく、日増しに増えていく放課後の打ち合わせや練習。

我が月ヶ丘(つきがおか)高校は伝統や行事を重んじる校風で、無駄に格式張って行事に臨むところがある。

つまり、この手の行事が近付く度、俺のような世の中に対して斜(しゃ)に構えてる捻(ひね)くれものにとって、通学がいつにも増して億劫(おっくう)なものになってしまうというわけだ。

「はあ、いつまでそうやって寝ているんですか」

くるまっていた毛布が剝ぎ取られる。

目を開いて見上げると、俺を見下ろすようにして制服姿の心愛(ここあ)が立っていた。

「……失礼な。さっきから起きてるぞ。布団から出てないだけだ」

「はあああ、またそういう屁理屈(へりくつ)を。だったらさっさと起き上がってください。学校に遅れますよ」

「むう」

心愛の小言を受け止め、重たい身体(からだ)をなんとか持ち上げる。

そして、再び上半身を倒そうとしたところで、心愛にがつりと手を摑まれ、引き起こされた。

「なに二度寝しようとしてるんですか」

「知らないのか？　二度寝がいかに幸福であるかということを」

最初の六時間より、二度目の三時間の方が幸福度が高い。

本当のしあわせというやつだ。

疲れが抜けるわけではないし、三度目四度目と繰り返すうちに、寝過ぎによる頭痛をともなうこともあるのが問題だが。

「今日が祝日だったら、その幸福に身を委ねるのもいいんでしょうけど。残念ながら本日は平日であり通学の日です。私たちは学校に行く義務があるのですよ」

「俺には二度寝よりも大切なことだとは思えん」

「じゃあそのまま寝ていてください。朝ご飯は用意しませんし、お弁当もあげませんし、夕食もつくってあげませんから。10秒以内でお願いしますね。いーち、にー、さーん、しー……」

いや、それは困るぞ。今や心愛のつくってくれる食事は、俺の生活になくてはならないものになってしまっていた。安いし、身体にいいし、味もいい。白米に味噌汁、なくてはならない心の故郷。

――だが、ちょっと冷静に考えてみる。今のままでいいのだろうか。

「ごー、ろく……」

心愛のカウントダウンが進むが――

「だったら、今日からは飯をつくるか」

上半身を起こしながら答えた。

「え？　そ、そこまで二度寝が大切ですか！」

「違う。だって、いつまでも心愛に飯をつくってもらうのも悪いだろ？　もともと、俺が落ちこんでたからって、はじめてくれたことだし。今はもうすっかり元気だ」

「え？　え？　そ、それはそうですが……」

「それに、料理だって教えてもらったしな。少しは自分でもやれるさ」

心愛のおかげで料理を憶(おぼ)えた。

栄養補助食品に頼るディストピア賛美のような食生活を送らなくても、それなりに栄養バランスと味のよい文化的なものを口にすることができる。

心愛に比べれば手慣れないが、多少の時間をかければ他人様に食べさせても恥ずかしくないものを、つくれているつもりだった。

「…………」

「どうした？」

「……い、いいんですよ！　一人分も、二人分も変わらないし、食材だって共有した方が、買い物も楽で効率的ですから！」

「いや、それはそうかもしれないが。でも、一人分をつくるよりは、二人分をつくる方が大変だろう？　買い物も心愛の方が上手で、俺の出る幕がないし。いまだに、弁当だってつくってもらってるじゃないか」

「べ、べつに、イヤでやってるわけじゃないですし……むしろ、つくりたいからつくってるんですし……う、うう……」

　顔を少し赤くしながら、言葉につまってしまう心愛。

　うーん、これは無理をしている……というわけではないな。

　そうでなくて、嫌がってるような――ああ。

「違う違う。今日からは俺も料理をする、って話だ。一緒に食べるだけじゃなくて、料理もさ。手伝おうとしても、ほとんど心愛がつくることになっちゃってたし。だから、俺が心愛の分もつくる当番日を用意したい、って提案してるんだ」

「なるほど、悠が私の分も……って、え、悠が私に料理をつくってくれるんですか」

「そういうことだ。どうだ？」

「そ、それは……ええっと、あの……ひょっとして、お弁当も……ええっと……」

　顔が再び赤くなって、口の端がにやにやと吊り上がる心愛。喜んでくれているのは嬉しいが、反応がわかりやすすぎだろう。

　心愛は、えっとえっとと呟きながら、思考モードに入った。混乱ともいう。まあ、この様子なら答えなんてもらう必要もないだろう。どう考えても、心愛は喜んでいる。

俺は身体を起こすと、制服に着替えるため、パジャマの上着に手をかけた。

「はっ！　ちょ、ちょっと！　私がいる前でなに着替えようとしてるんですか！」

「べつにいいよ、減るもんじゃないし。俺は気にしてない」

「私が気にするんです！　とりあえず、朝ご飯を並べてますから、はやく着替えて出てきてくださいね！」

さらに顔を赤らめた心愛が、慌てて部屋を出て行く。

心愛は、時々こうやってからかってやると、面白い反応を見せるので、ついやってしまう。意地悪なのはわかるが。

「まあ、いつまでも心愛の好意に甘えてばかりじゃ駄目だもんな」

少しずつでいいから、変えていかないといけない。

生活も、恋愛も。

きっとそれが、先輩にも心愛にも、誠実ということだろう。

俺は、二人のためにも、早く前に進む必要があった。

——前に、進まないと。

◆

とは、思うものの。

「あのですね、悠」

夕食を終えて食器洗いをしていると、ゲームをしていた心愛に声を掛けられる。

「なんだ?」

「……えっと」

「うん?」

「いや、その……」

「?」

「ええっと……」

心愛が、言葉に詰まったようにそのままなにも言わなくなる。

忘れてしまったというよりは、言いにくいことを言う踏ん切りが付かないような、そんな態度。

まあ、心愛にはよくあることだ。勿体ぶっているわけではなく、とりあえず口にしてみたが、そこから先を言うのが不安になってしまったのだろう。

「……いや、なんでもないです」

「なんなんだ一体」

「だから、なんでもないですって!　気にしないでください!」

「心愛がそう言うならいいけどさ……」

いや、なにか言おうとしてたよな、絶対。

……まあ、心愛が言おうとしていたことに、心当たりはある。

鉢巻き。

うちの高校には、思春期の学生が好みそうないかにもといった感じの伝統があった。

体育祭の時、生徒は鉢巻きを巻くことになるのだが、想い人がいる女子は相手の男子の鉢巻きを借り、そこにその人の名前を刺繍するというものだ。

逆に、男子から想いの内を伝える場合は名前を縫ってくれるよう懇願したり、元から恋人同士であれば当たり前のように縫ったり。男子が女子の鉢巻きに縫ったりするなんてこともあるらしい。

「あのさあ心愛」

「なんですか？」

「えっと……」

「……？」

「……いや、なんでもない」

「なんですかいったい」

心愛が、手に持っていたコントローラーを下ろしてこちらを向いた。ムっと厳しい顔でこちらを睨む。

「なんですか」

「だから、なんでもないって」

とはいえ、言えないよな。間違ってたら恥ずかしいし、催促してるみたいになってしまう。

それに、俺たちは付き合ってるわけでもないんだし、頼むのは図々しい気もする。

俺は心愛の気持ちを知っている状態で、こっちはそれに応えてないわけだしな。捉えようによっては、断らないことをわかった上で強制してるようにも見えた。

いやいや、それともこういう時は、付き合って欲しいということを、こちらから提案すべきなのだろうか。

でもな、先輩と付き合ってた時は、向こうにリードされっぱなしだったし、俺からなにかを決断したりとか、そういうことはまったくといっていいほどなかった。

思えばこれまで、俺の人生で、俺が主導権を握るような恋愛体験を、これっぽっちもできていないのである。

要するに、どうすればいいのかわからなかった。

「…………」

互いに沈黙。

心愛はと言えば、そのままじっとこちらを見ていた。

俺の次の言葉を待つように。

そこから紡ぎ出される、後の言葉を待つかのように。

…………。

……。

◆

「…………」

じっと、悠を見る。

彼の次の言葉を引き出すように。こうしていれば、さきほど言おうとしていたことを口にしてくれるのではないかと、そう思って。

でも、悠の口からは、次の言葉は出てこなかった。

……もどかしい。

悠が。いや、自分が。

鉢巻きを渡して、言えばいいだけの話だ。

悠だってさっきから、私にその話題を切り出そうとしている。

いや、わからないけど、きっとそのはずだ。

言いにくそうに何度も口を噤んで、そこまでして切り出そうとしている言いづらい話題なんて、それくらいしかない。

もし違っていたとしても、他に頼む相手なんていないはずだ。断られるわけはない。言ってしまって、問題ない。

そう、わかっているけど……。

「ゆ、悠！　は！」

「は？」

「……歯を、磨いた方がいいですよ。食後は」

「どうした突然。そのくらいわかってるが」

「わかって欲しいのはべつのことです！」

「な、なんだよ突然！」

「ううう！」

なんで、わかって、くれないんですか！

それとも、私が盛り上がってるだけで、ひょっとして別の人に渡す予定がある……？

……だって、悠は私の気持ちに応えてくれたわけじゃない。

一方通行の気持ちを伝えただけだし、新しく好きな人ができていた場合、それを止める権利なんて私にはないわけで……。

「なあ、わかって欲しいことって、もしかして……」

「え？」

「……は……」

「……は？」

「は……ち……」

「……はち？」

「きゅう」

「なんで数字を進めるんですか！　なにが言いたいんです⁉」

「そっちこそ、言いたいことがあるならハッキリ言ってくれ！」

「……いや、それは……ゆ、悠こそ、言ってください」

「心愛から、どうぞ」

「どうぞ」

「どうぞ」

「「…………」」


結局、言い出せないまま、この日は解散となった。

◆

翌日の昼休み。

美人かつ優等生で有名なクラスメイト春日井蛍（かすがいほたる）、隣席のオタクかつ不良かつそれなりに仲がいい風間修介（かざましゅうすけ）、そして別のクラスだが昼休みになるとこの教室にやってくる心愛の四人で、周囲の机を集めて昼食を食べていた。

「そうだ、風間っち」

　春日井が、鞄をごそごそと漁ってなにかを取り出す。

　出したものは赤くて長い布きれ。

「これ、よろしく」

「……ん？　なんだこれ。鉢巻き？」

「風間っちに頼もうと思って」

「待て、春日井。オレが頼むんじゃなくて、頼まれるのか？」

「だって風間っち、縫い物とか得意そうじゃん。得意じゃないの？」

「特攻服とか趣味で縫い上げてるくらいだし、得意っつーか十八番みたいなもんだけどよ。妹のマイバッグもオレがつくったしな」

「成果物の幅が激しすぎないか？」

「うちの一家、家族代々超不器用だから縫物とかマジでダメでさあ。誰かに頼まないと無理の無理なんだよね。というわけで、ね、お願い」

「オレがその頼みを引き受けるメリットがどこにあるんだ。大体、オレでいいのか？」

　そういえば、以前から春日井は妙に風間を気に入ってるというか、やたらと仲を詰めようとする雰囲気があった。

　俺はてっきり、好意を寄せているのではないかと思っていたのだが、やはりそういうことなのだろうか。

「うん？」

「一応、鉢巻きだぞ。渡す相手を選ぶものっつーか、伝統みたいなものがあるやつだぞ？　もう一度聞くが、本当にオレでいいのか？」

「えー……風間っちってそんなこと気にしちゃうタイプだったわけ？　意外すぎるんだけど」

　だが、春日井はあっけらかんとそう返した。

　俺としても意外な春日井の言葉に、思わず心愛と目を見合わせる。

　心愛も、春日井の内心について、似たような推察をしていたのだろう。

「私は風間っちを真の友人と見込んでお願いしてるのよ。ほらさ、異性間で仲良くしてるとすぐに恋仲に絡めようとするじゃん？　そういうのがイヤでさー。でも、男の子とも親しくしたいし、男の子と一緒の方が入りやすい店とかあるわけじゃない？」

「ああ、わかるぞ。女児向けアニメの劇場版とか、信用できる幼女が友人にいないと入りにくい」

「ちょっと違うけどまあいいや。とにかくさ、わたしは風間っちとなら友人になれるってずっと思ってたってわけ。現実の女の子を、そういう対象として見てなさそうだったしさ。安心感があるというか、面倒なことがなさそうというか。これは、ゆっちーもね」

「俺も？」

　ああ、そうか。

俺には、他に見向きもしないくらい好きな相手がいたし、そして彼女が亡くなったあとは、そんなこと一切考えられないくらいには塞ぎ込んでしまっていた。だから安心だと、そう思われていたらしい。

「ま、そういうわけでね。はい」

春日井が、再び鉢巻きを渡す。

「……ったく、まだ引き受けるとは言ってないんだが？　学食一回な」

「わかった。かけうどんね」

「んなわけあるか。一番高い定食だよ」

風間が、春日井から鉢巻きを受け取る。

まあ、いろいろ曰(いわ)く付(つ)きの鉢巻きではあるが、べつに友人に頼んだところでダメというわけでもないのか。

「んで、ゆっちーはここっちにお願いしたの？」

「へ？」

「鉢巻きだよ鉢巻き。ご覧のとおり、べつに友人にお願いしてもおかしくない代物です。変な意味ではなく、仲のいい女の子に頼んでも問題ないと思います！」

なんで唐突に、俺と心愛の話を――。

と、そこで春日井が、心愛に向かってパチパチとウインクをして見せた。

あー……もしかして春日井、俺と心愛が互いに鉢巻きの話を言い出せてない状況を悟って、このようなことを言い出したのか？

心愛の方を見れば、困ったような、恥ずかしいような、そんな表情で俺の方を見ていた。

………………。

「あー、その……心愛、えっと、じゃあ、お願いできるか？」

「え⁉　ま、まあ、友達でもやることですしね！　わ、わかりました！」

ドギマギと、そんな言葉を交わしつつ。

……そういえば春日井って、俺と心愛のことをどのくらい知ってるんだろう。

俺からはなにも伝えていないが、今の様子を見るにそれなりのことは知っているか、あるいは察しているといったところだろうか。

「ぐすっ……っ〜〜」

「って、心愛はなんで泣いてるんだ⁉」

わけがわからない。

俺、なにか酷いことを言ったか？

「な、泣いてなんていませんよ」

「あーあ、ゆっちーがここっちを泣かしちゃった」

「はっ、女を泣かすなんて酷い男だよお前は」

「え、なんで俺責められる流れなの？」

「ううっ……ぐすっ……っ……本当に、大丈夫ですから。その、悠の鉢巻きが縫えることが、嬉しかっただけ……ですから……」

ぼそりと、俺の耳に聞こえるか聞こえないかの微かな声で、心愛が言う。

「ゆっちー、ところで今、鉢巻きは持ってないの？」

「いや、今持っているわけ――」

と、言いかけたところで、鉢巻きを、配られた日から鞄に入れっぱなしだったことを思い出す。

「忘れないうちに渡しちゃえ」

鞄から取り出して、心愛に渡した。

「よろしく、心愛」

「……はい！」

心愛は、満面の笑みで鉢巻きを受け取った。

◆

ホームルームの後、心愛からPINEが送られてきた。

『今日は用事があるので、一人で帰ってください』

なんだろう、委員会の仕事かなにか入ったのだろうか。心愛は確か、図書委員だったはずである。

まあ、そういうわけなら、今日の放課後は心愛と別行動だ。一人で帰るのもいいが、ひさびさに風間とつるむのもいいな。そんなことを思いながら隣の席を見ると、風間は既に教室を出ていた。いつの間に。

「あー、風間っちね、ここっちに裁縫教えるんだって」

風間の席の方を見ていた俺のところに、春日井がやってきて教えてくれた。

「なるほど、心愛の用事はそれか。でも、それは俺に教えてもよかったのか？」

「あっ……」

しまったと、自分の口を押さえる春日井。

べつに口止めされていたわけではないのだろうが、心愛が俺に内緒にしているということを知らなかったようである。

「今のは聞かなかったことにして。そっか、そうだよね。知ってるなら、ゆっちーも一緒に行ってそうだもんね」

「だな。俺に黙って風間に教えを請いたかったんだろう。知らない振りをしておくよ」

「あー、今のはミスったなー。……そうだ、ゆっちーはこの後暇なんでしょ？　今日は二人で帰らない？　ここっちは、今から他の男の隣で裁縫するわけだしさ。お前の幼なじみなら今オレの隣で裁縫してるぜ」

「どこの寝取られタイトルだ」

「まー、こっちはこっちで楽しむ的な？」

「わかったよ。べつに俺も用事はないしな」

「よしよし」

というわけで、春日井と二人で帰ることになる。

春日井も男子には人気がある女子だ。そんな相手と一緒に帰ってたら、当然それなりに目立ってしまうわけだが、まあそういうのは心愛と二人で帰ってる時に慣れてしまった。よって、気にならない。

先輩だってモテてたしな。

「いやね、たまにはこうやって、ゆっちーとも仲を深めていく必要があるなって、常々思ってたからさ」

「普段から話しているじゃないか。昼休みなんて、ほぼ毎日一緒にいるし」

「それはみんなで仲良くなってるだけじゃん。四人一緒にいる時と二人だけの時だと、話す内容もコミュニケーションも全然変わってくるし」

確かに、普通はそうなのかもしれない。

俺は交友関係が狭い上に、学校での人間関係を円滑にしようという意思もないので、誰を相手にしていても二人で喋るように対応してしまうが……。

春日井は、俺と違って交友関係が広いからな。最近よく一緒にいるのは俺たちのグループだが、それ以外のクラスメイトとも、以前と同じように仲良くやっている。

「ゆっちーのことは、なるべく調べておかないと、ここっちの役に立てないしねえ」

「なんだそれ」

「これから二人が喧嘩した時とかに、間に立ちたいじゃん？　上手く立ち回って、仲直りさせたい。そういう時のために、少しでも情報が必要なのです。事の経緯を見守っていると、保護者みたいな気分になってきちゃってね」

俺と心愛の、ってことか。

心配してくれているんだろうが、俺と心愛の関係を観察することで楽しんでいるように見える。見えるというか、間違いなく楽しんでる。

今日の鉢巻きの件だって、そういった立場からのお節介だろう。

「まあ、好きにしてくれ」

「素直じゃないなー。本当は嬉しいくせにー」

「べつに嬉しくはない」

嬉しくないわけでもないし、助かることも多いが。

……鉢巻きの件だって、そのお節介に助けられたわけだし。

「ま、二人はラブラブだから、なんの心配もしてませんけどね」

「そういう言い方はやめてくれ。べつにラブってるわけじゃない。自分は面倒な異性関係に巻きこまれたくないみたいなことを言っておいて」

「わたしはわたし、ゆっちーはゆっちーじゃん」

こいつめ。

「それに、そんな強固なものでもないよ。いろいろあったわけだし、自分自身もまだ、心愛にどう応えていいのかわからない」

「そっか」

自分の気持ちに、整理がついたわけではない。

失ってしまった恋のこと。先輩のこと。前に進まないとという焦る気持ちはあれど、真っ直ぐに進めていると自信を持てるほどではなかった。

と、そんな話をしながら、校門を出ようとした時だった。

校門前に停まっていた黒塗りの車に乗りこむ、女子生徒の姿が目に留まる。

「――え？」

今、車に乗っていたのは、先輩だった。

ように、見えた。

車が発つ。

気付けば、俺は歩く足を止めて、その車がいなくなるのを呆然と見ていた。

「どったの、ゆっちー。今の車に知り合いでも乗ってたとか？」

「……いや、なんでもない」

多分、春日井としていた会話の内容のせいだろう。

先輩のことを思い出してしまって、髪型や体型が似ている女子生徒を、先輩と見間違えてしまったのだ。

どうやら俺は、まだまだ先輩のことを引きずっているらしい。

「前に、進まないとな」

「頑張って進みなはれ」

俺が決意を新たにすると、春日井が満足そうに頷いた。

◆

いよいよやってきた、体育祭の当日。

天気は晴天。

雲一つない炎天下はまさに真夏のお祭り日和といった感じではあったが――俺は一人、グラウンドから離れた部室棟の端っこまでやってきて、地べたに寝転がっていた。

このあたりは木々が生い茂っていて日陰が出来ており、直射日光を避けて涼むのに最適だった。

――怠い。

クラスのやつらは体育祭で盛り上がってるが、正直俺はああいうノリについていけない。

大体、競争してなにが楽しいのだろう。優勝したからといって商品や賞金が出るわけでもない。

そもそも、身体能力には生まれついてのものや環境による個人差がありすぎるし、早生まれの人間が不利という話も今時周知された事実だ。端的に言って、大会のゲームバランスが悪すぎる。

まあ、そうでなくても、みんなと一緒にとか、共同作業とか、そういうのが苦手で陰キャを気取っていた人間だ。

最近は風間や春日井とよくつるむようになったが、以前はクラスの連中とはほとんど接してなかったくらいである。

そしてその風間も春日井も、何気にこういうお祭りごとが好きなので、今は他のクラスメイトたちと一緒になって盛り上がっている。

というか、あいつらって陽キャなんだよな。陰の者である俺とは属性が違う。普段馴れ合ってるのが不思議なのだ。

「まあでも、盛り上がってるやつらを横目に学校の隅で涼むのも一興、か」

ふああと欠伸をしながら、木々の屋根を見上げる。

ふと、なんだかいい気持ちになってきたので瞼を閉じた。

このままここで、一休みでも——。

「——やっぱりここでしたか」

声が聞こえて、慌てて瞼を開いた。

すると、俺を見下ろす見慣れた幼なじみの顔。

「白雪心愛……そなたも陰の者だな。お前も抜けだしてきたのか？」

「誰が陰の者ですか。悠、そろそろ出番ですよ。リレーに出るんですよね」

「……なに？　出番？」

「そう。次はリレーです。というか、紙代(かみしろ)先生が悠のこと探してましたよ。もう並ぶ時間ですからね」

「………………」

すっかり忘れていた。

クラスの連中から逃げることばかり考えていたが、俺も競技に参加していたのだ。

「というか、どうしてこの場所がわかったんだ？」

「悠の行きそうな場所なんてわかりますよ。悠に詳しいですから」

「……なるほど」

その言葉だけで納得してしまう。

そうだった、心愛は俺に詳しいのだ。

「というわけで、ほら、グラウンドに戻りますよ」

「いやー、もう少しだけ……」

「いいから、怒られますよ」

このままサボってしまおうかと一瞬考えたが、さすがに怒られてしまうだろう。それに、心愛がそれを許してくれそうにない。

「そうだな」

心愛が手を伸ばして来たので、それを摑んで引っ張られるようにして立ち上がる。

「せっかく私が鉢巻きに名前を縫ってあげたのに、競技に出ないなんて許されませんから」

「確かにそうか」

心愛にわざわざ縫ってもらったんだ、頑張らないと。

「です。頑張らなかったら、なんのために私が縫ったのかわかりませんから」

直射日光に参りそうになりながら、そのままグラウンドへ。

「あ、きたきた。もーっ、なにやってたんですか！」

グラウンドに入ったところで、俺を探していたらしい紙代先生が近付いてきた。

こんな猛暑だというのに、いつもと変わらない着物姿だ。

「どうせサボろうとしてたんでしょう。はやく所定の位置に行って並んでください、そろそろ怒られちゃう時間ですから。白雪さんも、ごめんね。沢渡(さわたり)くんを連れてきてくれてサンキューだ」

「気にしないでください。悠を管理するのは私の使命ですから」

いや、すみません、元はサボろうとしてたんじゃなくて、マジで忘れてただけです。その後ちょっと魔が差したけど。

「じゃあ、頑張ってくださいね、悠」

「ああ」

当然、競技に出るのは俺だけなので、心愛とも別れた。

ええっと、リレーの列はここだよな。

知らない顔が多いが……それもそのはず。

このリレーは学年別に行われるものではなく、ブロックによる対抗戦だ。

ブロックとは各学年を四等分してつくられたチームのことで、同じブロックになった他の学年の生徒ともポイントを共有し協力し合いながら自分のブロックの優勝を目指す、というのが我が学校の体育祭のルールとなる。

まあそんなわけで、今のこの場所には、まったく顔を知らない他学年の生徒の方が多いというわけになるんだが――。

「……あれ、お前」

自分が呼ばれたような気がしたのでそちらを向くと、よく見知った顔の三年生がいた。

ああ、この人、よーく知ってるぞ。

好意なんかはなく、むしろ嫌悪感しかない。好きか嫌いかでいうと嫌い。そんな相手ではあるが。

「ひさしぶりですね、早乙女(さおとめ)先輩」

俺の言葉に、綺麗(きれい)な顔立ちの先輩のこめかみがピクピクと震えた。

――どうやら、大変面倒な人と、同じ競技をやるハメになってしまったらしい。

「くっ、くっ……くはははははは！　沢渡と言ったか、まさか、お前と同じ競技になるとはなあ！」

早乙女。

以前、心愛にちょっかいを出すだけでなく嫌がらせまでしてきた、サッカー部のエース。心愛が迷惑していたので、一芝居打って嫌がらせを止めさせたわけだが、その後に女子への手の早さと気の多さが祟って、ヘラった女子にナイフで刺されたとかなんとか。

「お前のせいで成功のサクセスロードを辿っていた俺の生活は一転……。部活に迷惑がかかるからとサッカー部を追い出され、取り巻きだった女子たちには嫌われ……今や、ゴミを見るような目で見られる日々」

早乙女、そんなことになってたのか……むしろ、ちょっとだけ同情的になれたというか、以前よりは親近感が持てるが。

でもそれ、俺のせいではなくね？

逆恨みもいいところである。

「あの時の雪辱、果たす機会が来ないかとずっと待ち侘びていた。今日、このリレーで俺が大勝し、お前の威厳を地に落としてやる！」

「お、おう」

いや、俺は勝とうが負けようがどうでもいいが。

競技の中では比較的走るのが得意、というだけでリレーに選出されたのが俺だ。まあ帰宅部のくせに速い方ではあるが、べつに期待されて選ばれたわけではない。負けたところで信用がなくなるなんてこともないだろう。

そもそも、他の奴らがやりたがらなかったというのもあるからな。俺はなんでもよかったから、勝手にこの競技に選ばれたというわけだ。

「では、第一走者の皆さん、所定の位置についてください」

競技を仕切っていた体育委員の言葉に従い、第一走者の生徒が運動場のスタートラインに並ぶ。

早乙女は、どうやら俺と同じ第三走者らしい。

俺のクラスは赤ブロックで、早乙女のクラスは青ブロック。ちなみに心愛も青だ。

――パン！

天に向かって、スタータースピストルの号砲が鳴り響く。

第一走者は赤ブロックのリード。続いて黄色、緑、青という順だった。

走者が走り去ったのを確認して、第三走者の俺たちも運動場に出る。

第二走者が待機しているのは半周先で、スタート地点で次に待機するのは俺たち第三走者だからだ。

最初に第二走者にバトンが渡ったのは赤。出だしの差がそのまま出た形となったが、すぐに順番に変化が起こった。

それまで最後方だったはずの青ブロックがごぼう抜きして一番手に、赤は出遅れて団子状態となる。

「ふふ、はじまる前から勝負は決まったみたいだな」

早乙女が得意気に言った。

いや、べつに勝負なんてどうでもいいんだが……だが、これってまずいな。この二位以降のお団子状態。ここからドベになったら俺が戦犯である。

ついでに、こちらを見守る幼なじみの姿がふと視界に入ってしまった。

握り拳をつくり、俺に頑張るようにエールを送ってくる。

いいのか？　俺はお前のチームの敵だぞ？

そして隣を殴るようなポージングまで取ってみせるが、早乙女はお前の味方だぞ？　多分こいつを倒せってことだよな？

「はは、俺も嫌われたもんだな」

早乙女がそんな言葉を漏らすが、そりゃそうだろうよ。お前が心愛にやったことを忘れたとは言わせないぞ。

まずは早乙女がバトンを受け取り走り出す。

続いて俺もバトンを受け取って、早乙女の後を追った。

——はあ、もう。

適当にやろうと思ってたのに、どうやら俺はひとつ大きな思い違いをしてしまっていたようだ。自分自身に対する思い違い。

この鉢巻きを縫ってくれた心愛にあんな風に応援されると、適当になんてやれるわけがない。

いや、これは違うな。そうじゃない。

俺は多分、あいつの前で格好悪いところなんて見せたくないんだ。

どうして？　それは……。

「っ！」

ああもう、今はどうでもいい。

とにかく後ろの奴に追いつかれないように走って、前を走る早乙女を追い抜く。

サッカー部のエースをやってたような奴だ。

帰宅部代表の俺が走りで勝つなんて無理難題と思うが、それでもっ！

——が、その刹那。

前を走る早乙女に異変が起こった。

突然脇腹を押さえるようにしながらペースダウン、勢いに乗っていた俺は呆気なく奴を抜き去り——。

「……くうううう、こんな時に、刺された傷が痛むとは……っ！」

抜き去る瞬間、早乙女がそんなことを言っていた気がした。

◆

「悠、本当に格好よかったですよ。最後を除けば」

心愛にそう宣言される。

……いや、わかってるって。最後が史上最高にダサかったことくらい。

なにせ、バトンを渡したと同時に、俺はそのまま前のめりに派手に転倒。

勢いに乗りすぎたというか、前のめりすぎたというか……格好良く決まったはずの勝負が、手と足に多量の擦り傷をつくりながらずっこけ、そのまま救護テントに連れていかれるというダサダサなオチを迎えることとなった。

「いいじゃないか。赤ブロックは優勝したみたいだし」

「よくないですよ。私の青ブロックは最下位です。はあ、あの男、あそこまで情けなかったとは。彼のせいで一気に最下位ですよ」

「自業自得とはいえ古傷が痛んだなら仕方がないさ。まあ、ざまぁとは思ったけど……って、いっ！」

「ああもう、動かないで沢渡くん。リレーの勝者なんだから、そこは我慢してっ！」

救護テント担当である、童顔の養護教諭に叱られる。

花守（はなもり）へるし。我が月ヶ丘高校に勤める、保健室の先生だ。

「しかし派手に怪我（けが）したよね～。リレーでこんなに怪我できるなんて一種の才能だと思う」

「言わないでください」

俺も、普通はありえないと思ってますし。

するとこころが、くすっと笑みを浮かべて。

「まあでも、それだけ頑張ってくれたってことですよね。私の応援、効きましたか？」

得意気にそんなことを言ってきた。

俺をからかっているつもりなのだろう。だが、あまり調子に乗っているとだな。

「そうだな。心愛の縫ってくれた鉢巻きと、心愛の応援のおかげだ。走る前、お前の顔を見て絶対に負けられないと思った。本当に感謝してるよ、心愛」

「なっ……!?」

途端に、リンゴ飴のように頬を真っ赤にしてしまう心愛。

「だ、だから、突然そういうことを言うのはですね……うううう！」

ははは、俺をからかうからこうなるのだ。

……まあ、べつに嘘は言ってないんだけどな。

◆

「で、へるしはどうしたらいいの？」


「はあああ、疲れたああああああ！」

体育祭が終わり、下校中。

春日井が一際大きな溜息とともに、大きな声をあげた。

「しっかしゆっちーがあんなに頑張ってくれたのにグループは4位なんて……。むうう！　結局、ここっちに優勝を奪われてしまうなんて！」

「これも日頃の行いの成果ですね」

何故か得意気になる心愛。

「風間っち、言われてるぞ。はあもう、日頃の行いが悪いから」

「……くそっ、オレのせいでグループが負けちまった……まさかこんなことになるなんて……」

「いや、風間のせいじゃないだろ。どうしてヘコむんだよ」

「馬鹿野郎、他人のせいにするのは漢じゃねえよ……！」

いやでもお前のせいではないだろ。

「ねえねえ、今日はどこも寄らないよねー、くったくただし。打ち上げとかやってもいいけど……」

「パスパス。俺はくたくただ。はやく帰って飯喰って寝たい」

油断すれば、意識が飛んでしまいそうなほどに疲れていた。

「同感です。はやく休みたいですね」

「んだよねー。んじゃあ、私と風間っちはこっちだから。それじゃあ二人とも、まったねー！」

春日井と風間に手を振って別れる。

「そうだ、心愛。今日は夕食を外で食べないか？　これから帰って飯をつくるのもかったるいし……」

「そういえば今日は悠の当番でしたね。体育祭で疲れてサボりたくなりましたか？」

「まあ、そんなところだ」

「うふふ、いいですよ。じゃあ、今日は食べて帰りましょうか」

しかし、こんなに真面目に体育祭に参加したのは初めてだ。

中学の時も適当に参加してたし、競技も適当にこなしてたし、なんなら上手く抜けだしてサボった年もあった。

頑張ってしまったのは、間違いなく隣にいる心愛のおかげだろう。

「ふああ……」

と、思わず欠伸が出る。

「本当に疲れてますね、悠」

「眠くてかなわん」

でも、なんだか心地がいい疲れだ。

◆

ずずずと、狭い店内に麵を啜る音が響いた。

年季の入った建築物の筈だが、古さを感じさせない小綺麗な町中華。醬油ラーメンが看板メニューの、家の近くにある天々食堂である。

「やっぱりここのラーメンは落ち着くな、月に一度は食べたくなる味だ」

「わかります。しばらく食べないでいると、無性に食べたくなるんですよね」

「なにか悪いものが入ってなければいいが……」

「入ってるわけないでしょ。馴染みの店にめちゃくちゃ失礼なことを言いますね」

心愛から怒られる。

「でもさ、店員があれだぜ？」

心愛が、俺の視線に釣られるようにしてそちらを向く。

視線の先には、二つに割った割り箸を見比べては「うーん」と唸る、店の看板娘、鳳玲天々の姿があった。

「あれは……なにをしているんですか？」

「さあ。想像はつくが聞いてみるか……天々」

天々がこっちを向いた。

二本の箸を手に持ったまま、俺たちのテーブルまでやってくる。

「なにをやってるんだ？」

「この二本の箸、どっちが攻めでどっちが受けかを考えてた。こっちの方が太く割れたから攻め……いや、太い方が受け？」

「……らしいぞ？」

「なるほど」

心愛が、納得したように頷いた。

「確かに、この店のラーメンには、人をおかしくするなにかが入っているのかもしれません」

「だろう？」

「天々はおかしくない。おかしくなってしまったのは……この二本の、割り箸の、恋心だから……」

まあ、ラーメンに変なものが入っていようが、美味しいことには変わりないから問題はないのだが。

「しかし、これで長かった体育祭とその準備も終了ですか」

「俺はようやく終わってくれてせいせいしてるけど」

「また、悠はすぐにそういうことを言いますね。せっかくの高校生活、もっと素直に楽しめばいいのに。少なくとも私は……その、これまでの体育祭で一番楽しかったですよ。悠の鉢巻きも縫えましたし」

「そ、そうか……」

心愛は、自分で言ったことに恥ずかしくなったのか、それから無言でラーメンを啜りはじめた。

　これまでの体育祭と比べると、か。

　去年はまだ先輩がいて——それで、部活棟の裏でサボっていたら、やっぱりあそこに先輩がやってきて——。

「ら、来年も縫いますね、鉢巻き」

　と、いらんことを考えていると、心愛が変なことを口にしはじめた。

「いやいや、いくらなんでも気が早くないか？」

「予約してるんです。他に立候補者が出る前に」

「予約って……他に立候補者なんて出ないだろう」

「わからないじゃないですか。そんな風に思っていて、昔——」

　と、心愛が言いそうになった言葉を止める。

「すみません」

「気にしないでいいって。もうその話題で苦しくなったりはしないんだから」

　俺は笑って答える。

　心愛はバツが悪そうな表情だったが、俺の言葉に釣られて次第に笑みを取り戻した。

　帰りに、いつもの公園に寄ることにした。

　家の近くの、神社に併設されたみすぼらしい小さな公園。子供の頃からよく訪れる、俺と心愛の行き付けのような公園だ。

一時期は来なくなっていたが、心愛とこうやってまたつるむようになってからは、時々立ち寄っては昔話に花を咲かせていた。

いつものようにブランコに腰を下ろすと、それを漕ぎながら隣のブランコに座った心愛と話をする。

ぎいぎいと、遊具の古くなった部分が軋む音がした。

「なあ心愛、あの樹のこと憶えてるか？」

公園敷地の端の方にある、巨大な一本の桜の樹を見ながら言う。俺たちが子供の頃からある、この公園の樹の中で一番大きな、十メートル以上高さのあるソメイヨシノだ。

「昔、俺がのぼったらお前が怖がってさ。落ちたら死んでしまうから早く降りて来いって、泣きじゃくって」

「いつの時代の話をしてるんですか！　小学校に上がる前とかでしょう！」

「いや、小学校には上がってたぞ。確か十歳くらいだった」

「そんなに歳取ってましたっけ」

「心愛は高いところ嫌いだったからなあ」

「だって、高いところって怖いじゃないですか。落ちるところを想像してしまって、ヒュンとなってしまいます」

「普通はそんな想像しないんだけどな、っと」

ブランコから降りて、その樹の方に向かう。

「駄目ですよ、悠。そんなのにのぼるなんて！」

「べつに、俺がのぼるんだからいいだろ？　懐かしいなと思ってさ」

「見ているだけでも嫌なんです！　ああもう、遊園地でジェットコースターとかに乗る人たちも、意味がわかりません！　とにかく、止めてください！　嫌ですよ、悠が落ちて死んでしまうって考えるだけで……」

心愛が泣きそうになる。

「ああもう、わかったわかった。本当に嫌いなんだな。ごめんって」

ちょっとからかうだけのつもりだったのに、まさかここまで本気で嫌がるなんて。

戻ってきて、心愛に謝る。

というか、心愛はまだ高いところが苦手なんだな。

「体育祭もあって疲れてるんです。いくら悠が万全と思っても、ちょっとした油断から落下して死んじゃうことは十分に考えられます」

「まあ、打ちどころによってはそうだろうが」

「とにかく、危ないことはやめてくださいね。悠にはまた来年も、リレーを走ってもらわないといけないんですから」

「そうなのか？」

「はい。私が格好いいところを見るために」

「……頑張るよ」

素っ気なく返したが、心愛は満足そうに笑顔で頷く。

そんな彼女の笑顔を見て、胸が少しドキンとして、そしてすぐにちょっと痛くなる。こんなにも思ってくれている心愛の気持ちに、まだ応えられてない自分のせいで。

――いい加減、付き合ってやってもいいんじゃないのか?

――いやいや、付き合ってやるって何様だよ。

――でもまだ、先輩が亡くなってそんなに経ってないし。はやすぎないか?

――早いも遅いもないだろ。先輩だって、自分と別れた時は、すぐに次の恋を見つけろと言ってたじゃないか。

――でも、別れたというわけではないし。

そんな言葉が、内心何度もリフレインしてしまう。

ひとつだけわかっていたのは、俺にとって心愛は、以前以上に大事な存在になってしまったということだ。

「どうかしましたか? 悠」

「いや、なんでもない」

今の関係は、楽だけど、どこか不誠実だ。

——はやく、前に進まないと。

◆

　体育祭が終わって一段落ついたと思えば、すぐさま次の刺客はやってくる。一学期の期末試験だ。

　中間考査が終わったのがつい先日のようにも思えたが、無情にも一学期期末試験初日までもう二週間を切っていた。

「行事が密集しすぎだよな。体育祭のすぐ後に試験とか、これでしっかり勉強しろというのも無理がある。そう思わないか？」

「思うのは結構ですが、精々しっかりと勉強することですね。今回の試験、前回ほど悠に構ってあげられないんですから」

　心愛が冷たく言い放つ。

　心愛は前回の試験、俺に構い過ぎて成績を落としてしまったのだが、そのことを彼女の母に怒られ、また成績を落としたら母の働く海外に連れて行くと告げられていた。

　なので、今回は俺は心愛にあまり構ってもらうわけにはいかない。

「だったら、一人で勉強した方がよくないか？」

「一緒に勉強しなかったらしなかったで、落ち着かないですから。気になるじゃないですか。他の人と勉強されてもイヤですし」

「一緒に勉強する相手なんていないから安心しろ。それとも、その可能性があるのすらイヤなのか？」

「……ええっと、それは」

もごもごと、なにかを言いたそうにする心愛。

えっと、マジでそんなことまで気になっちゃうのか？「ま、まあ、本当に大丈夫ですよ。以前までは、その、ドキドキして落ち着かなかったですけど。最近は、そんなこともなくて、むしろ一緒にいると落ち着きますから。勉強だって、ちゃんと集中できます」

「だったらいいんだが」

俺の方も、最近は心愛と一緒にいると居心地がよくて、落ち着くところはあるけど。それに、一人でやってたらすぐ休みがちだしな。勉強を見張ってくれるやつがすぐ近くにいるというのは、適度な緊張感も保ててよい。

どうしてもという時は、質問もできる。一緒に勉強するメリットは大きい。

とりあえず、集中集中、と。

「……あの」

「うん？」

「わからないところとか、ないですか？」

「いや、大丈夫だ。気をつかってもらわなくてもいいぞ？　言われなくても、お手上げな箇所が出てきたら遠慮なく質問させてもらうつもりだったし」

「そうですか……では」

「おう」

どうやら気をつかわせてしまっているようだ。

まあ、俺は心愛と比べて成績が悪いからな。優等生の心愛としては、心配してしまうところがあるのだろう。

再び、沈黙して集中する。

「あの」

「うん？」

「ちょっと集中できないので、コーヒーを淹れてきますね。悠も飲みます？」

「ああ、じゃあお願い。砂糖入りでな」

「わかりました」

…………

……

「あの」

「……今度はどうした？」

「本当にわからないところはないですか？　悠なのに全然質問がないと、逆に心配になってくるんですが」

「いや、大丈夫だ。というか、悠なのにってなんだよ」

俺を見くびりすぎだろう。

「今回は心愛に迷惑をかけまいとそこそこ復習もしてたんだよ。俺の方が勉強できてないと、お前の邪魔になるかもしれないだろ？」

「え……そ、そうだったんですか」

「なんでちょっとがっかりみたいな反応をするんだ？」

「そんなことはないですが……」

まるで、俺に質問して欲しいような言い方。

というか心愛さん？　さっきから妙に落ち着きがないな？

そして、それから1分も経たないうちに。

「——あの」

……よし！

「わかった心愛、やっぱり試験勉強は別々にやろう」

「ええっ⁉」

「無理だ、今のお前は全然集中できてない。これっぽっちもできてない。落ち着くとか言っておきながらできてない」

「そ、そんなことは……」

「そのまま勉強できないと心愛だって困るだろう？　俺だって困る。俺のせいで点数が下がったら嫌だし、それに、また心愛のお母さんに文句を言われて、この家を出ることになったらどうするんだ。俺だって、心愛が居なくなるのは嫌だからさ」

「……あっ……」

心愛が、ほんのりと頬を赤くする。

俺も、自分で言っておいて結構恥ずかしかった。

「それは……そうですね。確かに、その通りです……」

心愛が、机の上に広げていた勉強道具を鞄にしまって、立ち上がる。

「勉強は自分の部屋でやります。試験期間中は食事だけ一緒で、それからは部屋に戻ってすぐに勉強しますので。ちょっと、寂しくなってしまいますが」

「べつに遠くに行くわけじゃないというか、隣に住んでるんだぞ？　そんな今生の別れみたいな言い方をしなくても」

「そ、そんな言い方はしてませんでしたから！」

慌てて心愛が部屋から出て行く。

してたよな、絶対。

どうせ明日も一緒に学校に行くんだ。

そこまで寂しがることはないだろうに。

……悪い気はしないけど。

心愛が出て行って、小一時間くらい経っただろうか。

——あいつ、ちゃんと集中して勉強できているのだろうかとか。俺のことが気になってそわそわしてないだろうかとか。

…………。

いやいや、今度は俺の方が集中できなくなってどうする。

心愛に偉そうなことを言っておきながら、俺はいったいなんなんだ。恥ずかしくて死にたくなる。

「仕方ない、ちょっとだけ休憩するか」

立ち上がり、バルコニーに繋がる引き戸を開ける。

すると、ちょうど同じタイミングで、隣の部屋からも引き戸を開ける音が聞こえた。

バルコニーに出て、隣の部屋の方を向く。

「「あ……」」

バツの悪そうな顔をした、心愛と目が合った。

もしかして、また集中できなくなってたりしたのだろうか。

「ち、違いますよ、悠。集中出来てなかったわけじゃなくて、ちょっと休憩したくなっただけですから！」

「わかる。休憩は必要だもんな！」

「そ、そうです、休憩は必要です。えっと、悠も、休憩ですか？」

「そ、そんなところだ」

「…………」

「じゃ、じゃあ、私はそろそろ戻りますから！」

心愛が慌てて部屋に戻って行く。

言えないよな、俺も集中出来なくなっていたなんて。

「……俺も、頑張りますか」

◆

翌日の放課後。

「ゆっちー、ちょっとお願いがあるんだけど」

春日井が席にやってきて、そんなことを言ってきた。

「お願い？　調子がいいと言っても、俺が春日井に勉強を教えられるなんてことはないぞ」

「違う違う。応援して欲しいのよ。こう、声に出して。頑張れって言ってくんない？　人助けと思ってさ～」

「うん？　頑張れ、これでいいのか？」

「もっと気持ちを込めて！　語尾にハートマークが付く感じで」

「なんだそれ。どうして俺がそんなことを……」

「いいから」

「頑張れ♪　頑張れ♪　……これでいいか？」

　自分で言っておいてなんだが、ちょっとキモいな。いや、ちょっとじゃないな。もし俺が今の声で応援されたら、煽られてると思って相手を殴ってしまうかもしれない。

　だが、春日井は納得したらしく満足そうに頷く。

「オッケーオッケー。それだよ、その言葉を待っていたんだ。じゃあ、もらっていくね？」

「もらっていく？」

　春日井は俺の言葉に応えず、手に持っていたスマホを弄って、満足そうな笑みを浮かべた。

「うん、オッケー。じゃあ、また明日～！」

　なにも言わずに教室を出て行ってしまう。

「って、おい」

　あいつ、なにがしたかったんだ？

　まあいいや、俺もそろそろ帰らないと。

　だが、いつもならそろそろ心愛がこの教室にやってくる筈が、まだ来ていなかった。教室を出て、心愛の教室に行ってみる。

すると心愛は、自分の席でスマホを握りしめ、顔を真っ赤にしてぷるぷると震えていた。

怒ってはいないが……なんだか恥ずかしがってるような。

なんだ？

「どうした、心愛」

「わ⁉　ちょ、ちょっと、びっくりするじゃないですか！」

「いや、そこまで驚かなくても、なにをしていたんだ？」

「い、いえ、なにもしてないですよ！」

慌ててスマホを鞄に入れる心愛。

「じゃあ、はやく帰りましょう！　昨晩はあまり集中できませんでしたし、テストが迫ってきて事態は一刻を争うんですから！」

心愛が逃げるように教室を出て行く。

なんだなんだ？

いや、あいつが昨晩集中できてなかったのは知ってるし、テストを頑張らなきゃいけない事情もわかってるが――。

「ほら、悠、はやく！　一秒でもはやく勉強に戻らないと！　もう、こんなものまで寄越してきて、気が急くというか、ううう……」

「一体なんなんだもう。まあ、急ぐ気持ちは察するが、コンビニに寄って昼食を買って行くからな。つーか、少しでもはやく帰りたいなら俺を置いていってもいいんだが？」

「それはイヤです。だって、今のうちじゃないですか」

「なにが？」

「なにがって——」

心愛がハっとなる。

そして、恥ずかしそうに。

ええっと……。

もしかして、俺と一緒にいられるのが今のうちとか、そう、続けたかった？

「……わかったよ、だったら一刻もはやく帰らないとな。早足で歩こう」

「待ってください、そこまで焦る必要はありません。それだと……その、はやく着きすぎるじゃないですか！」

「お前は俺にどうして欲しいんだよ」

めんどくさいし難しすぎる。

まあ、いいんだが。

「帰ったらちゃんと集中しろよ？」

「わかってますよ。大丈夫です、最高の御守り(おまもり)も手に入りましたから」

「最高の御守り？」

「………。大好きな人の応援メッセージですよ」

ちょっと考えるような仕草の後、ぼそりと心愛が答える。

あー、もしかしてさっき、春日井が俺に頼んできたものって……あの声を、スマホで録音して……心愛に……。

「先程、悠と別々に勉強するようになったことをお伝えしたのです。そうしたら、えっと……すみません。こんな勝手に、人の音声を。不快でしたら消しますから」

「構わないが、聞いてもイライラしないのか？」

「なんでイライラするんですか？」

いや、煽られてる気分にならないならいいんだが。

――いいんだが、凄く恥ずかしいな。

「まあ、構わないよ。俺の声なんかで役に立てるなら」

「立ちます！」

自分が思わず大きな声を出してしまったことに驚いたのか、バツが悪そうな顔になる心愛。

「そ、そうか」

「は、はい」

まあ、心愛の勉強に役立てるんだ。

良しとしよう。

◆

六月が終わって七月に入り、いよいよテストが始まった。

勉強の仕上がりはまずまず。普段から復習をしていた成果か、成績が急上昇を果たした前回のテストよりも自信がある。

心愛の方も、試験勉強を始めたばかりの頃は心配だったが、すぐに集中できるようになったらしく、初日テスト終了後には「余裕ですね」とまで言ってのけた。

二日目、三日目、四日目……。

間に土日も挟み、七月六日。

一学期の期末考査最終日。

いよいよ、すべてのテストが終了した。

ホームルーム。

「ではでは皆さん、よく頑張りましたね。でも、試験が終わったからといって、すぐに気を抜いてしまうようではいけませんよ？　分からなかったところを復習するまでが試験です。まだ勉強が頭に残ってるうちに――」

――ガヤガヤ。

「さては、気を抜きまくりで誰も聞いてないな？」

紙代先生が、表情を無にしながら言った。無情にも、本人が言うとおり誰も先生の話は聞いていない。試験が終わったばかりの生徒たちは、先生の話を聞くどころではなかった。

先生は、そのまま話を続けることを諦めてホームルームを終える。

「風間はこの後どうするんだ？　一緒に遊んで帰るか？」

「悪い。今日は妹という名の大事な先客がいてな。家に帰って七夕用の笹を飾りつけなければならねえ」

「お前、そんなことまでやるの？」

「はっ、オレに不可能はねえよ」

風間が教室から出て行く。

いや、可能とか不可能とかじゃなくて、そこまで家庭に尽くしてるのかと驚いただけだが。いいやつというか、家族想いというか、便利屋というか。

ということは、いつものメンバーで残ったのは——。

春日井の席を見ると、他のクラスメイトたちが彼女の席に集まって、なにやら打ち上げの話をしているようだった。

俺と目が合って、春日井が俺の席までやってくる。

「ごめんごめん、今日は他のみんなと遊びに行く約束しちゃった。ここっちも委員会の仕事あるみたいだし」

「図書委員でなにかあるのか？」

「らしいよ？　我がクラスの図書委員、内山さんがそう言ってた」

と、その時、鞄の中でぶるぶるとスマホが震えた。

『すみません、今日は委員会の仕事が入ってしまいました。長くなりそうなので、先に帰っていてください』

ちょうど、心愛からのメッセージが入ったところだった。

せっかく試験が終わったというのに、仕方がない。

今日は一人で帰ることにするか。

◆

はぁ。

心の中で、大きく溜息をひとつ。

「えー、では、秋の読書感想文についてですが～」

図書委員会の会議中、私は何度も欠伸を嚙み殺しながら、はやくこれが終わるのを祈り続ける。

ようやく試験が終わり、心置きなく悠と遊べると思っていたのに、いきなり委員会のお仕事なんてついてない。

「ひとまず、皆さんに意見を聞いてもらって――白雪さん？」

大体、試験の最終日、ようやく解放されたこのタイミングで委員会なんて、空気が読めてない。

まあ、最近まで体育祭の準備やらで忙しかったし、その後は試験前で予定を入れる隙間がなかったというのはあるのだろうが。

「白雪さん、呼ばれてるよ」

「……え？　あ、は、はい！」

隣の内山さんに声を掛けられ、皆にこちらを見られていることに気付く。

「す、すみません、ボーっとしていました」

「ならいいのですが。期末考査で疲れてしまいましたか？」

「ええ。今回は絶対に成績を落とせなかったので、頑張っちゃいまして」

「まあ、白雪さんほどの才女が必死になるなんて。きっと、並々ならぬ事情がございましたのでしょうね」

図書委員長の穏やかな言葉づかいに、なんだか申し訳なくなってつくり笑いを返した。

なにしろ、元はと言えば自らの失点。

勉強に手こずったのは、悠と一緒だと集中できず、別々だとそれはそれで落ち着かないという恋煩い（こいわずら）に陥（おちい）ってしまったせいである。

治療薬は、春日井さん――じゃなかった、蛍ちゃんから受け取った、悠の録（と）り下ろし音声。

『その、お礼はどうすれば……』

『わたしが勝手にやったことだし、細かいことはいいって。あ、そうだ、だったらこれから下の名前で呼んでよ。ここっち、仲良くなれたのに、よそよそしすぎ〜』

――ありがとう、蛍ちゃん。

本当にあれがあってよかった。

落ち着かなくなった時に再生して気持ちを落ち着かせた。集中力が切れてきた時、あれを聞いてやる気を取り戻した。悠の音声は、私にとってコンビニに売っているエナジードリンクの何万倍も効果のあるカンフル剤だった。

一度聞き出したら、そのまま何時間も聞き入ってしまって勉強できなくなる、なんて状況になってしまったこともあったが。

まあでも、テストはいい感じに終わったと思うし、結果的にはよかっただろう。

「というわけで、各々読書感想文のお題のための本を、何冊か選んでおいてください。最終的に、ピックアップは例年通りの十冊程度になる予定です。ノルマは一人最低三冊ということで、よろしいでしょうか」

――しかし、本ですか。

最近お弁当や夕食を少しでも美味しくするためのスキルアップに忙しかったし、悠に負けないようにゲームの練習をするのにも忙しかったから、あまり読書できていなかった。

この学校の読書感想文用の選書は、委員会に一任されているだけあってかなり自由だ。

年齢制限に引っかかるような……過度にエッチなものとかでなければ、児童書でもライトノベルでもなんでもいい。

「欠席の四季さんには、後日伝えるとして――」

とりあえず、ひさしぶりに本を読み漁ってみるか。そういえば、一ヵ月前に私の好きな作家も新作を出していた。

岸エリカ先生の、『君のいない世界、キミのいる世界』。

恋人を失い心に傷を残した主人公の男の子が、ふとしたことから恋人が生きている並行世界と行き来できるようになってしまい、元の世界の新しい恋人である幼なじみも巻きこんで起こる恋愛模様。

そして、並行世界では、主人公と幼なじみは既に死んでいて――。

あまりにもそれっぽい内容に積ん読していた小説で、おまけにこの作家は、どこかじめじめとしていて、鬱屈とした自己中心的な登場人物を描く傾向にあった。つまり、あらすじだけで薄暗くどろどろとした内容であることが想像できてしまうのだ。

メンタルが弱っている時に読むと、作品の暗いトーンに影響を受けて、心がもっと沈みかねない。でも、今なら大丈夫だ。

本のことを思い出すと、無性に結末が気になり出してしまった。

◆

放課後、心愛が委員会に行ってしまい一人になった俺は、繁華街へとやってきた。最近は心愛と一緒に帰るのが普通になってたから、一人での下校はひさびさだ。

せっかくだ。一人で済ませたい用事を今のうちに済ませてしまうのもいいかもしれない。休日も大体一緒にいるし、たまには一人でなにかをする時間というのも必要だろう。

そんなことを思いながら繁華街をブラついていると、ゲームショップの看板が目に入る。

そういえば、心愛と一緒にやるゲームもそろそろ飽きてきたな。あいつが入り浸るようになって長いし、新しいゲームでも見てみるか。

最近はダウンロードストアでゲームを買うことが多いが、たまには店舗に入って見るというのもいいものだ。並んでいるパッケージを眺めるのはなんとなく楽しい。情緒があって、胸が弾んだ。

それになにより、物理パッケージであれば貸し借りが出来た。心愛が嵌まってしまった時のことを考えると、貸してやれる媒体で買っておいた方がいい気がする。いつの間にか、ゲーム機まで買っていたし。

そんなことを考えながらゲームショップに入る。

さて、心愛が好きそうなゲームは、と。

心愛が嵌まりそうなタイトルを一本購入して、ゲームショップを出る。

…………。

待て、どうして俺は一人になってまで心愛用のゲームを買ってるんだ。

もしかして俺、自分で思ってるよりもずっと、心愛のことが――。

「はぁ」

なんとも言えない自分の行動に大きな溜息をついて、今度は思わず笑みを零してしまう。自分が情けなく、愚かしく、面白く、ちょっとだけ微笑ましい。やっぱり俺は、自分で思っているよりもずっと、心愛のことを考えてしまう生きものになってしまったようだ。

「他に、なにか買い足しておくものあったっけ？」

そういえば、心愛と一緒に食事をする時、小皿が足りなくて不便な時があるな。他のサイズで代用していたが、あれもあった方が便利だろう。

そんなことを思いながら、皿を求めて100均ショップに入った。


ある程度買い物を済ませた頃、鞄の中のスマホが震えた。

『委員会が終わりました。今から帰ります』

心愛からのPINEだ。

いちいち報せなくてもいいのに、ご丁寧なことである。

まあ、いつもの流れなら夕食を一緒にするわけだから、教えてくれた方が助かるのは間違いない。今日は俺が調理当番だ。心愛が帰るということは、夕食の準備をする必要もある。

俺もそろそろ帰るとしますか。

しばし歩いたところで、繁華街の中心の広場に聳（そび）える、大きな笹が視界に入った。

今日は七月六日。

七夕用の笹だろう。風間も今日準備するみたいだが、前日の夜に願いごとを書いた短冊を吊（つ）るし、翌未明に笹を処分するのが元来の風習と記憶している。

繁華街の客寄せであるこの笹は、明日も一日中このまま飾りつけられ、八日の朝あたりに撤去されるといったところだろうが。

よく見ると、笹のすぐ傍（そば）に、自由に使って笹に飾り付けられるよう短冊とフェルトペンが置かれていた。

先ほどから人々が群がってきては、笹に願いごとを書いた短冊を括（くく）り付けている。

俺が願いごとをするとしたら、なにを願うだろうか。勉強？　健康？　お金？

それとも、心愛のこと？　あるいは——先輩のこととか。

まあ、人が多いし、めんどくさそうで俺はパスだな。そもそも、こういう風習、あまり信用しているタイプでもないし。

なんてことを考えながら、広場を通り過ぎようとした。

その時だった。

笹に短冊を飾り付ける人の群れの中に。

決して見逃しようのない、少女の横顔を見つけてしまったのは。

「え」

見ないようにしていた気持ちが溢れるように、思わず声が漏れていた。

かつて、なによりも大事だった女性。

誰よりも——自分よりも、大切だったヒト。

この先も、絶対に忘れることができないであろうその女性もまた、俺の視線に気付いたのかこちらを見てきて、ハっと驚くような表情に変わる。

彼女もまた、俺の顔に見覚えがあったかのように。

女性はすぐそばまで近付いてきて、そして、俺と声を合わせるようにしてこう言ったのだ。

「先、輩？」

「おにー、ちゃん？」

# 第５章　七夕のち幻影

先輩に瓜二つの女の子は、声まで彼女にそっくりだった。

身にまとう雰囲気も、俺を見る視線とその表情のわずかな動きも、すべてがどこか懐かしい。

ひとつ、大きく違ったことといえば、俺の呼び方。そして、先輩よりも幾分か小さい背丈だった。

「ええっと。おにーちゃん……では、ないのかな」

少女の言葉に、フリーズしていた脳味噌を必死に稼働させる。

なんで先輩がここに？　いや、ここじゃない。なんで先輩が生きている？　でも、おにーちゃん？　いや、先輩は俺のことをそんな風には呼ばないだろう。

ということは、当然だが、この女の子は先輩とは別人ということになる。

小さく、深呼吸して気持ちを落ち着かせる。そうだ、当たり前だけど、この少女は先輩とは違う。

「違う。そっちも先輩ではないみたいだ」

こくこくと、先輩に似た少女が短く首肯する。

「あー、えーっと……あたし、四季玲香って言います」

「れい……か……」

「どうかしました？」

先輩の名前は怜子だった。こんなにそっくりな上に名前が一文字違いなんて、凄い偶然もあったものだ。姉妹じゃないか？　いや、名字が違うから姉妹ではないな。あるいは親戚か。

「ごめん、なんでもない。俺は沢渡悠」

「ゆう！　ゆうって言うの？　漢字は？」

「悠長の悠」

「残念。読みは同じなのに。でも、ビックリしちゃった」

「読みは同じ？　ビックリ？」

「お兄ちゃんと名前が一緒。優しいと書いて優。ねえ、一緒でしょ？」

「キミのお兄さんと名前が一緒、ってことか」

「そっちは？　先輩って、悠さんの先輩？」

「ああ」

先輩の顔をした少女に悠さんと呼ばれるのは、なんだか不思議な感じがしてしまう。

というか、あれだな。俺は先輩と同じ学校の制服を着ているわけで、もしこの子が先輩と縁のある人間だった場合、俺が誰と見間違っているのか気付いてもおかしくない。

それがないということは、彼女は顔が似ているだけで先輩とは無関係ということだろう。生き別れの姉妹とかでもない限り。

「悠さんも願いごとですか？」

「そういうわけでは——」

と、彼女が手に持っていた紙が目に入る。

笹に短冊をくりつけようとしていたのだろう。紙には、『兄が幸せになりますように』と書いてあった。

「まあ、もういないんですけどね。だから驚いちゃったんですが」

「もういない？」

「旅立っちゃったんです」

「……え？」

ドクンと、胸が大きく高鳴った。

言葉の意味がわからなかったわけではない。

察したからこそ、驚きの声が漏れた。なんたる偶然だろうか。運命的とも、大仰に言えば神の悪戯か。

「あ、すみません、いきなり身の上話をしちゃいました」

「いや、大丈夫だ。少し驚いてしまっていただけで。こっちこそ、失礼だったかもしれない。なにせ、キミと間違ったのはもう亡くなった人だからな」

「え？　そう、なんですか？」

彼女の顔もキョトンとなる。

「なるほど。じゃあ……運命、みたいですね」

先輩を模写したかのような笑みを浮かべる。

その懐かしい表情に、再びドキリと心臓が跳ねるように躍る。当然のように胸がドキドキと高鳴るが、同時に脳裏を心愛の顔がよぎった。

べつになにも悪いことはしてないのに、少女と話しているだけで覚えてしまう、背徳感。何度も浮かぶ、心愛の顔。そして、先輩の顔。

「そうだ、ＰＩＮＥのＩＤって教えてもらえますか？　これはきっと、大事な出逢いだと思うんですよ」

ポンと手を叩きながら、好きだった人の幻影がスマホを見せてくる。

――怖い。

とっさにそんなことを思ってしまった。

なにが怖い？

整理しようとしていた気持ちが、見ないように決めていた気持ちが、蓋を開けて飛び出て来そうだから。

その気持ちって？

『それはね、悠ちゃん――』

「ご、ごめん。PINEはスマホに入れてなくて」

とっさに、謝って嘘をついていた。反射的だった。

自分でも、そうしようとして言ったわけじゃない。

「だったら今から入れましょうよ。容量軽いですし」

しかし、少女は諦めない。

というかこの子、押しが強いな？

こういうところも、先輩っぽさがあるかもしれない。なんて。

「その……すまん！　用事を思い出した！」

少女に背を向けると、小走りで繁華街を後にする。

「え⁉　ちょっと、悠さん！」

俺は少女の声を無視しながら、逃げるように家へと帰った。

◆

「悠、鍋のお湯が沸騰してますよ」

…………。

「悠？」

…………。

「悠！」

「わあ！　心愛か、驚かせないでくれ！」

「驚かせないでくれじゃないですよ、料理中に物音が聞こえなくなったから様子を見てみれば、ぼーっと天井を見たりして。沸騰したお湯はそのままですし、いったいどうしちゃったんですか」

「あ、ああ。いや、なんでもないんだ。ちょっと疲れてるだけで」

「試験ですか？　やっぱり今日は外で食べた方がよかったのでは。代わりに夕食つくりましょうか？」

「いや、大丈夫だ！　当番はしっかりこなすよ！　今日はテストを頑張った心愛に、美味しいものを食べてもらいたいしな！　いつもお世話になってるし、うん！」

「なんですか、急に。いきなり気持ちが悪いです。熱でもあるんですか？」

「いや、本当に大丈夫だから。心配かけてごめんな」

「ま、だったらいいですけど。でも心配なので、私も手伝いますね。私はここにある材料を切っておきますから、悠は他の準備を進めていってください」

「すまんな、助かる」

はあ、ダメだな。

先輩と似ている少女との邂逅は、思っていたよりも俺を動揺させてしまったらしい。それにしたって、連絡先を聞かれたからって逃げることはないだろうと、自分でも思うが。

きっと、怖かったのだ。また、先輩への気持ちに縛られてしまうことが。堕落してしまう自分が。あの少女によって、思い出してしまう想い出が。出来るだけ開けないようにしていた蓋を、無理矢理こじ開けられてしまったような感覚。それは嫌な想い出などではなく、むしろ甘美すぎる優しい記憶で——。

前を、向けなくなってしまいそうで、怖い。

——四季玲香、か。

先輩にそっくりの、一文字違いの女の子。俺にそっくりの兄を亡くしたという、似たような境遇を持つ、運命的な女の子。

どうして、あんな少女と出逢ってしまったのか——。

…………。

「悠、だから鍋！」

「わあああああ！」

「まったく、どうしちゃったんですか」

本当に、どうしちゃったんだろうな。

先輩に似ている人と出逢って混乱しているとはいえ、ここまで動揺してしまうとは。自分でも、よくわからなかった。

◆

「ほんっっとうにすまなかった！」

昼休み、心愛と一緒に学食に向かいながら何度も謝った。

「いや、何度も言ってますけど、別に怒ってはいませんよ。人間ですから失敗はありますしね。でも、本当に大丈夫です？　熱とかありませんか？　昨晩から様子がおかしいですが」

「大丈夫だって。ボーっとしてただけだから」

ただ、朝食と弁当に使うはずだった米を炊き忘れてしまっただけ。

かくして、当番だったはずの俺の仕事はまっとうされず、俺と心愛の朝食はブロック形の栄養補助食品、昼食は学食へと予定を変えることになってしまったのだ。

もっとも、その理由はといえば、昨日先輩似の少女に出逢ってしまったという動揺によるものなわけなので、心愛には説明しづらい。気持ち的に。

……いや、説明した方がいいんじゃないか？　とも考えるが、タイミングを逃してしまった気もする。

「今日は奢るから許してくれ」

なんとなくバツの悪さを感じながら、心愛にそう提言する。

「それだと、私が忘れた時にも奢らなきゃいけなくなっちゃうじゃないですか。それにたまには学食もいいと思います。しばらく来てなかったですしね」

「俺もひさしぶりだ。以前は風間と一緒によく来ていたが」

心愛が弁当をつくってくれるようになってからというもの、足が遠のいていた。心愛だけにやらせるのは悪いということで料理を始めたら、次第に面白くなってしまったというのもある。

弁当もいざ作りはじめると、どういうおかずを詰めこむのがいいのか、見映えがよくなるのかとか考えてしまって、結構楽しいんだよな……自分一人の分だけだと、こうはならないのだろうが。

食べさせる相手がいるから、弁当をつくるのも楽しめる。もしかして、心愛も同じ気持ちなのだろうか。

だったら嬉しい、なんとなくそんなことを思いながら券売機の前に立ちメニューを選ぶ。

「俺は腹が減ってるからカツ丼大盛り、と。心愛はなににするんだ？」

「……ええと……」

心愛が券売機を前に右往左往する。

使い方がわからない……とかじゃないよな。

「迷っているのか？」

「ええと、そうではなくて……」

「どうした？」

「ま、まあいいです。じゃあ私もこれで」

心愛もカツ丼を選択した。

「なんだ、心愛もカツ丼が食べたかったのか」

「……そうじゃないです。他に食べたいものがなかったので、どうせなら、ええっと」

「どうせなら？」

「ああもう、これ以上は言わせないでください！」

顔を真っ赤にしながら、先陣を切るようにして食堂の中に入っていく。

ええっと、まさか、『お揃いにした』とか？

それを俺に聞かれてあんなに恥ずかしがってるとか。

……可愛すぎか。

「はっ！」

と、前を歩いていた心愛が急に立ち止まった。

「今度はどうした」

「いえ、その、二人で学食に来たものですから……その」

心愛に言われて、周囲の生徒がちらちらこちらを見ているのに気付いた。

最近はよく二人で帰ってたし、もう俺たちに奇異な眼差しを向けてくる学生なんてほとんどいなくなっていたが、普段来ない学食ともなればそうはいかないらしい。

注目を集めているのは主に心愛で、連れ添って入ってきた男の存在が気になる……まわりの人間の視線はそんなところだろう。

「時々忘れそうになるけど、お前って有名人なんだよな。ええっと、なんだっけ——雪原の妖精（スノーフェアリー）だっけ」

その可憐（かれん）さから、一部の学生は心愛のことをそう呼んでいるらしい。言いだしたのは、風間らしいが。

「……それ、やめてもらえますか？」

心愛が、今まで見たことがないような冷たい視線で睨（にら）んできた。

ぶちギレているのがわかる。

「もしかして、嫌がってたのか。褒められてるのに」

「当たり前です！　褒められていようが嫌なものは嫌です。耳にするたびに背筋がゾっとします！」

それはそうだろうな、俺だったとしたら考えるまでもなく嫌だ。

「あんな恥ずかしい呼び名、普通の神経をしていたら付けませんし口にしません。中二用語全開でルビを振りまくるバトル物ライトノベルかなにかの世界ですか？　いったい、どこのオタクが言い始めたのか——」

「知らなかったのか？　風間だぞ？」

「めちゃくちゃ身近なオタクですね！　今度ぶちのめしますっ！」

すまない風間、どうやらいらないことを喋（しゃべ）ってしまったみたいだ。

「ったくもう、風間くんのせいで変な注目を浴びるようになってしまったというわけですね。本当にいい迷惑です」

「心愛が注目を集めていたのは元からだろう。可愛いから妖精と呼ばれていたんだ、いいじゃないか」

「相手が悠でも次言ったらぶちのめしますから」

「……なんか悪かった」

どうやら本気で嫌がってるようなので、これ以上は止めておく。

そうして食堂を奥へと進み、窓口でカツ丼を受け取ってテーブルの方へ。

どこに座ろうかとたくさんある席を眺めていると、

「――あれ？」

つい昨日聞いたばかりの、溌剌（はつらつ）とした女の子の声。

ドクンと、大きく心臓が跳ねた。

歩いていた足が止まる。そして、声のした方を向く。

そこには、学食を食べている先輩に瓜二つの少女の姿があった。

どうして彼女が、ここに……？

「え……？」

心愛も声を漏らす。

俺の視線を追って、もういないはずの恋敵の幻影を見たせいだろう。

四季玲香、という名前だったか。

このまま見なかったことにしたいが、こちらに向かって手を振っていた。ここから無視するなんて難しいし、あの少女だけでなく俺の隣にいる心愛がそれを許さないだろう。

唖然としている心愛とともに、少女の座っている席の方に向かう。

ここまできて別の場所に座るというのも変なので、空いていた彼女の対面の席に腰を下ろした。

「……どうしてキミがここに？」

「どうしてもなにも、だって」

先輩に似た少女は、にいっと笑って答えた。

「あたし、この学校の生徒ですから」

――同じ学校……？

頭の中で彼女の言葉が何度も繰り返される。

いやいや、こんな容姿の相手、同じ学校に通っていて気が付かないわけがないだろう。

俺が気付かなくても、今横にいる心愛だって、その存在を認知しているのが普通だ。

だって、こんなにも先輩に似ているんだぞ？

「昨日は制服を着ていなかった気がするが」

「学校を休んでいただけです。正真正銘、この学校の一年生ですよ。あたし、病気がちなんですよ～。だから、せっかく入学したのにあまり通学できてなくて。あ、そうだ、これ

「……なるほど。まで知り合わなかったのも、そのせいでしょうね」

と、そこで、先日春日井と帰っていた時に、校門前で見かけた黒い車のことを思い出す。あの時は、先輩に似た誰かと見間違っただけだと思っていたけど。

おそらくあれは、彼女だったのだろう。

「……悠、彼女は？」

隣に座った心愛が、どこか冷静を装う表情と声色で聞いてくる。

「昨日、偶々知り合ったんだ。四季玲香さん、って言うらしい」

「へ……え……」

心愛は短く答えると、四季さんの顔をジッと見た。

そのまま呆然と、ぼーっと、不安そうに彼女の顔を見つめる心愛。それはそうだろう。なにせ彼女の顔は、かつての自分の恋敵にそっくりなのだから。

心愛からすれば思うところのある容姿をした相手だ。なにも疾しいことなどないのだが、少しばかり居心地が悪くなる。

「ん……？　四季？」

「どうかしたのか？」

「いえ、もしかして、図書委員だったりします？」

「あー、そうです。まだ一度も顔を出せてないですけど」

どうやら、心愛の図書委員の後輩だったらしい。

「短冊に願いごとをしていたら、見つかったんです。ね、おにーちゃん？」

「おにーちゃん……？」

不安とか困惑とか、戸惑いの顔を浮かべていた心愛の表情が、今度は一転。能面のように冷たく強張った表情になる。

「なるほど、悠は新たな趣味に目覚めたということですか」

「違う！　そうじゃない！」

「しかも、その、相手は……」

心愛が、四季さんの顔をまじまじと見つめる。眉間に皺を寄せ、怪訝な表情を浮かべた後こちらを見た。

「もしかして、以前もそういう風に呼び合っていたとか」

「絶対にないからな！」

有り得ないので否定しておく。

「あたしのおにーちゃんによく似てるんです。それで、最初見間違えちゃったんですが、沢渡の方のおにーちゃんも、あたしのことを、先輩と見間違えちゃったらしくて。それで、互いのことを話しているうちに、親密に……」

「待った待った、べつに親密にはなってないだろ？」

つーかなんだよ、沢渡の方のおにーちゃんって。

「お互いの事情についてお話ししたじゃないですか」

「それはそうだけど……」

「だから、PINEも交換したかったんですよ、逃げられてしまいましたが。って、そういえばどうしてあの時は逃げたんですか」

「どうしてって……」

怖かったから、なんて言えるわけないよな。

そもそも、俺だってまだあの時なんであんなに怖くなってしまったのか、よくわかってはいない。すると、四季さんが俺と心愛の顔を見比べて、ははあと頷いた。

「なるほど。もしかして、二人は付き合ってるとか。だから沢渡先輩は、女の子と連絡先を交換することに抵抗があった、と」

「いや、付き合っては――」「いないですが……」

「じゃあ、一緒に学食にきたお二人はどんな関係で？」

「幼なじみ、だよな」

「え、ええ」

「だったら、あたしが聞いてもなんの問題もなくないですか？」

それは、そのとおりだ。

でも、俺は彼女と接触を持つのを恐れている。

「まあ、嫌がってる相手に無理に聞くようなことはしません。あ、そうだ。紹介はされたけど挨拶を忘れていました。改めまして、四季玲香と言います。よろしくお願いしますね、白雪先輩」

「え？」

　突然話しかけられ、心愛が虚を突かれたような顔をした。

「当然、有名人だから知ってますよ。ええっと、雪原の妖精、でしたよね」

「その呼び方はやめてください！」

「え？　嫌だったんですか？　えー、かっこいいのになー。あたしも欲しいな、それっぽい二つ名。あたしだったらなにがいいかなあ」

「今度その道のエキスパートを紹介してやろうか？　雪原の妖精の名付け親だ」

「つまり、白雪先輩の請負人」

「頼んでませんから！」

　しかし彼女、本当に病弱なのだろうか。そういうキャラづくりをしているだけではというくらいには、生気があるというか元気がある。

「それにしても、ここの学食って美味しいですよね。思わず鬼喰いしてしまいました。特にカツ丼……って、お二人もカツ丼なんですね。奇遇です」

　四季さんは恍惚とした表情を浮かべながら、今彼女が食べているカツ丼とは別の、横に置かれた空の丼を見た。

「待ってください。それもあなたが？」

俺が驚くより前に、心愛が息を呑むような声で質問する。

「病弱ですから、たくさん食べないと」

「いやいや、おかしいだろ。病弱なら喰えないだろ」

「それは偏見ですよー。身体が弱いからこそ、いっぱい食べるんじゃないですか。いっぱい食べて強くならないと。ほらほら、お二人も食べないとカツ丼が冷めちゃいますよ」

「キミの話を聞いていたから箸が止まっていたわけだが」

「キミじゃなくて玲香。名前があるんだから名前で呼んでください」

「じゃあ、四季さんで」

「できるなら名前の方がいいです。美しい音という意味の玲。そしてかぐわしいという意味の香。気に入ってるんですよ。もちろん、四季という名字もお気に入りなんですが」

「こだわるんだな」

「好きなんです、名前の方が」

端的に、少女が答える。

「わかりました、玲香ちゃん」

と、俺が口を開くより前に、心愛が笑顔を浮かべながらそう返していた。

「えっと、じゃあこっちも。よろしくな、玲香ちゃん」

「ふふ。じゃあ改めて——よろしくお願いしますね、沢渡先輩、そして白雪先輩」

玲香ちゃんがにこりと笑った。

◆

放課後。ホームルームにて。

「為我登　織女之　其屋戸尓　織白布　織弖兼鴨」

紙代先生が、突然こんな詩を詠んだ。

「万葉集の一節です。この詩は織女と書いて『たなばたつめ』と読ませています。棚機津女とは、織物を織る女性のことです。自分のために織女が家で織ってくれていた真っ白い布は、もう織り終えただろうか」

帰り支度を進めるクラスメイトに向かって、先生が続けた。

「この棚機津女という存在は様々な伝承を残していて、水神さまへ献上するため織物を織るといった風習が在ったそうです。これが皆さんご存知の織姫と彦星が出てくる中国の乞巧奠と組み合わさって、現在も続く日本文化である七夕伝説へと発展していくことになったわけですね。こう考えると、私たちの今というものが、いろんな物事が絡み合った延長線上にあることがわかると思います。要するに——」

と、そこまで言ったところで、紙代先生が教室の生徒たちを見回して、こほんと咳払いする。大半が早く帰りたがっており、話に上の空で、耳を傾けようとはしていない。

「張り切ってホームルームで使える雑談のネタを考えて来たのに、さては誰も聞いていないな？」

落胆して、先生が出て行く。

「沢渡は今日どうするんだ？」

「いつも通り、心愛と帰る予定だけど。あ、そういえば、お前が心愛の二つ名を付けたって説明したら、あいつ鬼のように怒ってたぞ」

「マジで？　なんで怒るんだ？」

「恥ずかしくて嫌だからじゃないか？」

そんな話をしていると、ちょうど心愛がやってきた。

「風間くん、あの変な呼び名を付けたのが風間くんって本当ですか」

「ああ、感謝してくれていいぞ」

「しませんよ！　センスが最悪です！　というか勝手に呼び名とか付けないでください！」

「あはは、ここっちめっちゃ怒ってる」

近くにいた春日井がそれを見て笑う。すまない風間。俺がいらないことを言ってしまったばかりに……。

「沢渡、あとは任せた！」

風間が、心愛から逃げるようにして走り去った。

「じゃあね、ゆっちーにここっち、また明日」

春日井も、その後を追うようにして教室を出て行った。

「まったくもう。ところで悠、中庭に寄って帰りませんか？」

「中庭？」

「園芸部が笹を飾ってるじゃないですか。七夕用に。あそこで、願いごとをして帰りたいと思いまして。まだ、お願いごとをしてなかったですから」

「なるほど。わかった、付き合おう」

風間と春日井とは別れて、俺と心愛は教室を出て中庭に向かう。

園芸部の飾る笹か。そういえば、去年は先輩と一緒に見かけたっけ。

もう家で願いごとを済ませてしまったという先輩と、神さまなんてものは信じないと言い張る俺は、その笹に願掛けするわけでもなくスルーして帰ったのだったが。

「ところで、昼休みの彼女……」

「玲香ちゃん？」

「え、ええ。本当にそっくりでしたね」

学食からの帰り道でも何度もその話をしたが、改めて心愛が思い出したかのように言う。やっぱり気になっているのだろう。俺だって、しばらく平静を保つのが難しかったくらいなのだから。米を炊き忘れてしまったのも、彼女が原因だし。

「世界には同じ顔の人間が三人はいるっていうけど、あそこまで瓜二つだとな」

「たとえば、姉の元恋人がどんな男なのかを確かめるため、ここにやってきたという可能性はどうでしょうか」

「双子の妹だったりとか？」

「そっちの方がそれっぽいですね。だから、姉の元恋人である悠のことが気になって、アタックを仕掛けてきている」

「あー、そっちは理由があってだな――……」

「理由？」

「彼女の今はもういないお兄ちゃんに、俺がそっくりらしいんだ。だから、向こうも気になって声をかけてきてさ」

「あ……」

心愛が声を失う。

「それはまた、偶然ですね」

「怖いくらいにな」

大事な存在を亡くしたもの同士だ。偶然なんてレベルではない。

そんな話をしつつ――園芸部の用意した中庭の笹の前に行くと、横広の机に五種の色の短冊が置かれていた。

笹にはいくつか短冊が飾られていたが、この場には俺たち以外は誰もいない。興味のある生徒はもう飾ってしまったのだろうし、わざわざ学校の短冊に願いごとを飾る生徒はそんなにいないということなのだろう。

「これらの色って、それぞれ意味があるって知ってました？　赤の短冊は感謝、白の短冊は義務、青の短冊は成長、黒の短冊は学業、黄色の短冊は人間関係。これらは陰陽五行説に基づいているんです」

「へえ、それは知らなかった。詳しいな」

「願掛けの類は、わりと詳しい方なんです。昔、たくさん調べましたから」

「なにか理由があったのか？」

「べつに、そういうわけではないんですが……」

と、言いにくそうに口籠もる心愛。

そこでなんとなく察しがついてしまった。彼女が願っていたこと。そんなもの、よく考えて見れば、多分。

「と、ところで悠は、笹の花言葉を知ってますか？」

「知らないが」

「ささやかな幸せ。いいと思いません？　尊大すぎずどこか謙虚で、だから私、これを使って願いごとを行う、七夕という行事が好きなんです」

「ささやかな幸せ、ねえ」

「まあ、どうせ悠はこの手の行事を信用しないですからね。神頼みとか、お願いごととか」

「だってさ、学年一位の成績が欲しいという生徒が二人いるだけで、どちらかの願いは叶わなくなってしまうわけだろう？　神さまの有無は置いといて、イベントがはじまる前から矛盾してる」

「は～、想像通りの捻くれた回答をしてきますね。最近流行のロジハラって感じで呆れてしまいます。細かいことばかり気にしていると、ストレスで禿げ上がってしまいますよ」

「聞いてきたから素直に答えただけだろうに」

そう返すと、何故か上機嫌そうに笑みを浮かべる心愛。俺について詳しいから、とでも言いたげである。

「さて」

心愛が黄色い短冊を手に取った。

そして、短冊の横に置いてあった筆ペンで、俺には見えないように離れて願いごとをしたためる。

「悠は見ないでくださいね。恥ずかしいですから」

「恥ずかしい内容なのか？」

「悠に知られるのが恥ずかしいんです」

頬を真っ赤にして言う心愛。

その反応から、どういう方向性の願いごとをしているのかは察してしまったが、これ以上踏み込むと怒られそうだし、それを知ったことによって俺の方が恥ずかしい目に遭いかねない。だからやめておく。

きっと、心愛の願いごとというのは、俺に関することなんだろうから。

………………。

ああ、勝手に想像して勝手に恥ずかしくなってきたぞ。もし違ってたらどうするんだ。やっぱり自意識過剰じゃないか。

心の中でぶんぶんと首を横に振って、恥ずかしい想いを霧散させる。

……まあ、せっかくなので俺も付き合うか。神さまなんて信じてはいないが、べつに願いごとをして損するわけでもない。

しかし、なにを願ったものか。

健康第一。いやいや、そんな若さのない願いはどうか。成績が伸びますように。うーん、難なく進学できる程度に点数が取れていればそれでいい。

少し前までの俺であれば、もう逢えないはずの先輩ともう一度逢いたいとでも願っただろうか。あるいは、彼女の生まれ変わり、なんて。

ふと、昨日知り合ったばかりの、先輩にそっくりな後輩の顔が脳裏に浮かぶ。そして、不意に自嘲めいた笑みを浮かべてしまった。はあ、なにを考えているんだ俺は。べつに彼女は生まれ変わりでもなんでもないだろう。

先輩の残像は、今もまだ心の中に深く刻み込まれているようだ。いくら隠しても、見ずにはいられない。俺にとってこれは、綺麗すぎるからだろう。

ああ、そうか。願いごとなんて決まっていた。

――はやく前に進めますように。

帰り道、凄いことに気付いて隣を歩く心愛に尋ねた。

「なあれ、他の生徒に見られたら大変なことになるな」

「――っ！」

心愛がフリーズする。

あ、こいつも気付いてなかったのか。

そしてやっぱり、恥ずかしいお願いごとをしていたのか。

「誰が書いたのかわからないから、大丈夫ですよ」

「でも、同じクラスのやつらだったらわかるかもしれないじゃないか」

「そんなにジロジロ他人の願いごとを見て誰かを当てるなんて、性格の悪い人はいません！　いないはずです！　多分！」

「……自信なさげだな」

「だ、大丈夫ですよ！」

大丈夫かなあ。

まあ、今から学校に戻ってどうにかするわけにもいかないし、考えないことにしよう。

だいたい、あの短冊を飾ったのが俺ということは、他人からはわからないわけだ。

心愛の短冊だって、もちろんそう。

「…………」

「………」

「忘れましょう、悠」

「そうするか」

学校で真面目な願いごとは危険かもしれない。

◆

翌日の昼休み。

いつも通り、春日井に風間、そして心愛の四人で昼食を取ろうと周囲の席をくっつけていると、楽しそうな笑みを浮かべる後輩が姿を現した。

「先輩、訪ねてきちゃいました」

……いやいやいや。

流石にもう、彼女の顔を見て驚くなんてことはないが、それにしたってここにいる理由が不明すぎる。

「玲香ちゃん。なにしにきたんだ？」

「クラスどころか学年も違うはずですが……」

隣にいた心愛も、玲香ちゃんを見て不思議そうに呟く。

春日井と風間は、彼女を見て目をパチクリしていた。先輩に似すぎで驚いているのだろう。

　二人の気持ちはよくわかる。いまだに俺も、もしかしたら血の繋(つな)がりのひとつやふたつあるのではないだろうかと疑っているくらいだし。

　一瞬、なぜこのクラスを知っているんだと思ったが、そういえば昨日学食を出た後に教えたんだった。べつにクラスくらい教えたってなにがあるわけでもないだろう、そう考えていたわけだが——。

「なにって、昼休みといえばやることは決まってますよ？　はい」

「これは弁当？」

　玲香ちゃんが差し出してきた袋の中を見ると、弁当箱らしきプラスチックのケースが入っていた。しかも２つ。

「そうです。手作り弁当です。先輩、昨日学食食べてたじゃないですか。だから、お弁当をつくってみたくなっちゃって」

「いやいや、大して親交もない相手に普通は弁当をつくったりしないだろ」

「気紛(きまぐ)れみたいなものですよ。なんとなく、こうしてみたくなっただけです」

　普通、気紛れで異性に弁当をつくったりはしない。

　それでも、彼女の行動になんとなく納得できてしまうのは、先輩も時折こうした行動に出るタイプだったからだろうか。

　思いついたら即行動というか、普段はぼんやりとしているくせに、反射神経だけで行動してしまうこともある。そういう、摑みどころのないところが多い人間だった。

「それに、俺にキミの分まで渡されても」

「いえ、それは2つとも先輩の分ですよ？」

よく見ると、玲香ちゃんはもうひとつ同じように弁当バッグを持っていた。なるほど、あっちは自分の分で、これが俺の分と。

…………。

いやいやいやいや。

「ないだろう」

「おにーちゃんはこのくらい食べてましたから。あたしも食べますし」

「それはキミの家系の胃腸が大きめなだけだ」

「えー」

「とりあえず、かわいらしい後輩が弁当を届けてくれるのはありがたいんだけどさ」

心愛の方を見ると、どこか神妙な表情で玲香ちゃんを見つめていた。

「え、もしかして、白雪先輩が用意してるんですか？」

「いろいろあって、お互いに弁当をつくりあってるんだ」

「それはもう付き合ってるのでは？」

「いや、付き合ってはいないんだが――」

心愛の方を見ると、ほんのりと頬を赤らめながら、無言で小さく頷いた。

「付き合ってはいません。あくまでも幼なじみです」

「ふむー……」

玲香ちゃんが、俺と心愛の顔を交互に見る。

まあ、変に思うのも無理はないか。普通は、ただの幼なじみが弁当をつくってきたりしないわけだし。

玲香ちゃんは、しばらく俺と心愛の顔を見比べ、「うんうん」と頷いた後に。

「つまり、あたしのお弁当は迷惑ではないってこと？」

笑顔でそう聞いてきた。

……ええっと、これはどう答えればいいんだ？

少なくとも、俺は弁当を3つ食べられるほど大飯ぐらいではない。弁当をつくってくれたという好意には感謝こそすれど、迷惑なんてことは思わないが。

ちらりと心愛の方を見た。

すると心愛は、怒るわけでも悲しむわけでも拗ねるわけでもなく、普段世間に向けてそうするような凛とした表情で、玲香ちゃんの様子を窺っている。

「悠、私の弁当は持ち帰っていいですよ。夕食にでもしてください。もちろん、悠が2つ食べるというなら止めはしませんが」

「え？」

「なに意外そうな顔してるんですか。私、なにか変なことを言ってますか？　せっかく作ってきてくれてるんですから、勿体ないじゃないですか。好意を無下にするのも失礼だと思いますし」

意外だった。てっきり心愛は、俺の煮え切らない態度に怒るなり、拗ねてみせるなりすると思っていたからだ。

「えーっと、譲ってもらったってことですね。すみません、あたしのために」

玲香ちゃんが心愛に謝る。

「いいえ、それに私の弁当はいつも食べてもらってますから」

「……わかった、じゃあそうさせてもらおうかな。春日井、彼女も一緒にいいか？」

「うん、おっけー！」

それを聞いた俺は、主が教室から出て行ってしまった近くの席の椅子を持ってきて、俺の席の近くに置いた。

玲香ちゃんがそこに座り、俺の机に弁当箱を置く。そして、春日井と風間の方に向けて小さくお辞儀をした。

「ええっと、はじめましてですよね、先輩方。あたし、一年の四季玲香って言います」

「ゆっちーとここっちはどういう知り合い？」

「偶然だよ。心愛とは昨日学食で知り合った」

春日井が玲香ちゃんをまじまじと見つめる。瓜二つだった先輩の顔を思い出しながら、見比べているのだろう。

風間も、黙ってはいるが玲香ちゃんの顔をジっと見ていた。

「ささ、弁当を開けてみてください」

玲香ちゃんに渡された弁当箱を開ける。

ふりかけのかかった白米に、唐揚げにハンバーグ。コロッケに牛肉を炒めたものと、よく言えば肉っぽい、悪く言えば脂っぽいものが、ぎっしり詰まっている。

「全体的に茶色いな……」

「肉が好きなので。先輩は嫌いでしたか?」

「いや、好きだが」

量の問題だ。もう少し緑があった方がいい気がするが……。

とりあえず、一口。

味は……まあ、普通だな。特段美味しくも、不味くもなかった。ごくごく普通の弁当といった感じだ。ちょっとだけ、衣が焦げていたりするのが気になるが。

「どうですか?」

「まあ、美味しいよ」

「むー、反応が薄い。もっと大袈裟なリアクションはできないんです?」

「そうは言っても、俺の普段通りはこんなもんだが」

「あはは、元気な後輩だねえ」

感心するように春日井が言う。

「ところで、わたしはキミのことをなんて呼べばいい？　玲香ちゃん？　玲ちゃん？　レレレのレ？」

「なんでもいいですよ、最後のやつ以外だったら」

「じゃあ、玲ちんで」

「選択肢になかったじゃねえか」

「相変わらずゆっちーは細かいなあ。細かい男はモテないぞ？」

「そうですそうです。後輩だからってあまりイジめないでください」

「悠は昔から、他人の欠点を気にしすぎなところがあります。つっこみ体質というか」

「待て、この会話の流れでイジめられてるのは俺なんだが？」

そのつっこみを聞いて、心愛と玲香ちゃんがくすくすと笑う。

……思ってたより、二人の仲は悪くなさそうだな。穏やか一色というか、予想してたよりは殺伐としないというか。

そのまま談笑をしながら昼食を進める。昼食の間、玲香ちゃんの学校生活のことや、逆に俺たちのことを話しながら。

「でも、本当にあまり喋ることがないんですよね。昨日も言いましたけど、学校を休みがちだったりするので」

「まだそういう設定なのか？　病弱で休みがちなやつが、こんな肉食系の弁当はつくらないだろ」

「ぶー、設定じゃなくて本当のことなんだけどな」

「それにしてもアグレッシブだよね。弁当をつくって持ってくるなんて、そんなにゆっちーのことが気に入ったの？」

「運命的な出逢いを感じたので」

「すっご。グイグイきてるよ、ゆっちー。食い付いたら離さないって感じ」

わざわざ確認しないでくれ。

そんなこんなの会話をしつつ弁当を食べ終え、食べ過ぎで苦しくなっていたお腹も落ち着いて来た頃に、玲香ちゃんが立ち上がった。

「さて、そろそろ戻らないと、次は移動教室だから。先輩、明日もまた来ますね」

「へ？　あ、でも、弁当はだな――」

俺が言い終えるより前に、玲香ちゃんが教室を出て行く。

「明日も、ですか」

心愛が、玲香ちゃんの言葉を反芻してこちらを見た。

「よかったじゃないですか、弁当を作ってもらえる相手ができて。明日から、私が自分の分を作って持ってくれれば、それでよさそうですね」

「待った。そんな素振りなかったと思ってたが、やっぱり怒ってたのか？」

殺伐としないと安堵していたが、やっぱりそういうわけにはいかなかったらしい。

普通なら、怒って見せたり拗ねて見せたり、表情筋を使って感情を伝えてくれるはずだ。心愛はそういうタイプだった。だが、今の心愛は、あまりにも平静すぎる。

要するに、ちょっと怖い。

「べつに怒ってなんてないですよ。さて、私も次の授業の準備がありますので。では」

心愛も立ち上がって、教室を出て行く。

「えーっと、やっぱり怒ってたの……か？」

「どうなんだろうね～。ここっちの乙女心は複雑だにゃー」

にやにやしながら、春日井も自分の席へと戻っていった。

……うーむ。

「あああああああああ！」

と、そこで。

そういえば、食事中に一度も口を開かなかった風間が、突然大声をあげた。

「どうしたんだ風間、急に大声を出して」

「オレ、すげえことに気付いてしまったぜ。さっきの後輩、誰かに似てると思ってたんだよ。飯喰ってる間それがずーっと引っかかってて考えてたんだけどよ。……なあ、彼女、蓬田(あいだ)先輩にそっくりじゃなかったか？」

「今更かよ」

◆

放課後、特に用事もなかった俺と心愛は、いつも通りに校門を出た。

大した言葉も交わさないまま、慣れ親しんだ相手との居心地のいい静寂を打ち切るように、俺は意を決して口を開く。

「心愛、昼休みから、昼休みのことなんだけどさ。弁当すまなかったな」

昼休みから、ずっと言いたかったことだった。これを言えてないことが気になって、午後の授業は少し上の空だったところもある。

「なんで謝るんですか？　謝罪されるようなことをされた憶えはないですが。あ、夕食として食べないなら、私が食べますので」

「食べるってば。せっかくつくってもらったのに食べないわけはないだろ。いや、その、玲香ちゃんの方を食べてしまったのが申し訳なかったっつーか……」

「はあ、昼休みも言ったじゃないですか。私の弁当は夕食にできますが、彼女の弁当を持ち帰るのは気が引けるでしょう？　せっかくつくってくれてるんですから、無下にしては悪いですし」

「それはそうだが――」

するとと、心愛はすうと息を吸って。

「私、わかるんですよ。大切な人にご飯をつくりたくなる気持ち。ずっと自分がそうでしたから。だから、玲香ちゃんが頑張ってつくった気持ちを無駄にはしたくないなって思っただけです」

「……それって、俺に対してってことで合ってるか？」

「確認するまでもないでしょう」

ジト目で、睨み付けるようにしながら言ってくる。

なるほど……。

「それ以上のことは悠の問題でしょう。私には怒る権利がなければ、拒絶する権利もありません。ただの幼なじみですからね。それとも悠は、私が嫉妬して怒り出すとでも思っていたのでしょうか」

図星だった。そして今も、本当は内心俺に対して怒っているのではないかと、疑っている。

「当然、気にはしてますよ。だから、私のことを心配してくれているのには感謝しています。その……素直に、嬉しいですし」

「え？」

「二度は言いませんよ、馬鹿」

不意を打たれた言葉に、思わず聞き返すと、心愛はちょっとむすっと頬を膨らませながらの笑顔でそう返した。

怒ってはないけど、気にはしているか。

まあ、そりゃあそうだよな。

◆

部屋に帰ってきた私は、ベッドに雪崩落ちるようにして倒れた。疲れだった。肉体的にではない、精神的な疲弊だ。身体の芯の方から重たくのしかかってくる疲弊感。瞼が重たく、油断すれば意識が飛びそうになるほどに消耗していた。疲れた理由は昼休みの出来事だった。悠のかつての想い人にそっくりな後輩が、弁当を持って訪ねてきたアレである。

平静を装うと神経をすり減らす。こんな当然のことを再確認してしまうなんて――。仰向けになったベッドで、仄かな桃色の混ざる部屋の灯りを朧気に見上げる。

「気にしてないわけなんて、ないじゃないですか」

ぼんやりと、そんなことを呟いた。

悠の好きだった人にそっくりな女の子が突然現れて。その女の子がどう見ても悠に気のある素振りで。弁当までつくってきて。

頭の中が、焦燥と不安でいっぱいだった。またあの時のように、彼女に横取りされてしまうのではないだろうか。

そんなことを思ってしまう自分に、ちょっと嫌気が差したりもして。だから、普段通りに徹したのだ。自分の中にある黒い感情に飲みこまれてしまわないよう。自己嫌悪に陥ったりしないよう。

——でも。

「なんで今、なんだろう」

せっかく順調に行ってたのに。悠に想いが伝わって、彼もまたこちらを向いてくれていたのに。どうしてこのタイミングなんだろう。

狙ったかのようなタイミングで現れた過去の亡霊に、憎しみの感情のひとつも憶えないはずはなく。

そんな恨み言をつらつらと心中で積もらせていると、ブルルルと、音を切りっぱなしだったスマートフォンが机の上で震えた。メールではなく電話だ。仕方なく起き上がり、手に取って相手を確認すると、春日井蛍という名前が表示されていた。

「なんの用ですか？」

通話ボタンを押して、開口一番にそう尋ねた。

『冷たいなあ。せっかく心配して電話してるのに』

「べつに心配されるようなことはないはずですが」

『お昼、無理してたくせに〜』

「……してませんよ」

『またまた。いい加減付き合いも長くなってきたからね、ゆっちーは騙せてもわたしは騙せない。なぜなら、同じ女の子だから』

「はあ。悠もごまかせてたらいいんですが」

『ほらー、やっぱり嘘ついてたんじゃん！』

まあ、蛍ちゃんにはバレてもいいので素直になる。むしろ、誰かに話したくて仕方がなかったくらいだ。

『今は亡き想い人にそっくりの後輩かあ、難儀だねえ。嫌な女だったら、徹底的に潰してやればいいんだけど』

「いい子そうなのが、また問題なんです」

『あー……』

「それと、彼女、悠に似たお兄さんがいたそうなんです。もう亡くなってしまったらしいのですが」

『ええっ⁉　なにそれ、凄い偶然。運命的』

「そう、運命的です。まるで、悠と出逢うのが、最初から決まっていたかのような」

せめて、容赦なく嫌える相手であれば、こんなに考えてしまうこともなかったのだろう。嫌えない分、相手を嫌ってしまいそうな自分に嫌気が差してしまう。

悠の気持ちだってよくわかってしまうのだ。

かつての想い人に似ている相手から慕われて、弁当まで持ってきてもらって。彼女も必死で、頑張っていて。そんな彼女の気持ちをぞんざいになんて、できるわけがなかった。

そしてそんな悠の気持ちを、私だってぞんざいに扱えるわけがない。

『へえ～。やっぱり、恐ろしいライバル出現ってやつ？』

「……まあ、悠が彼女とどう付き合うかは、私が決めることではありませんから」

『もっと素直に言っちゃえばいいのに。他の女の子に優しくしないで、あの女が不快だーって』

「言いませんよそんなこと！　それに、蛍ちゃんだって彼女に優しくしてたじゃないですか」

『いい子だったもんね～。まあ、ここっちが悠に気があるのは察してアプローチしてるんだろうし、神経は太くて図々しいなとは思ったけど。ああいう状況だと黙って身を引いちゃうここっちとは逆よね』

「うるさいですね。否定はしませんが」

そういうところも、私と正反対のように思えた彼女に、そっくりな気がした。

『でもさあ』

と、私が喋っていると、蛍ちゃんがなにかを言いたそうにして言葉を止める。

「なんでしょう」

『……怒らない？』

「怒らないと思うから、言ってください」

『ここっちの悪いところが出てる気がするんだよね。ゆっちーのことも考えてやるのはいいんだけど。自分のことを考えられてないじゃない？』

「そう、ですかね」

『個人の感想ね。こうして欲しいとか、こうしろって話ではないよ？　ただ、ここっちは本当にそうしたいのかなーって。やっぱりちょっと我慢しちゃってるというか、身を引いちゃってるというか。ゆっちーがどう考えてるからとか、あの後輩がこう考えてるからーとか、関係ないじゃん』

うぐっ。痛いところを突かれる。

『結局さ、ここっちってゆっちーに嫌われたくないんだよね。鉢巻きだって、だからなかなか言い出せなかったわけでしょ？　失敗するのが怖いからさ』

「そこまで言ってくれなくても」

『言って欲しそうだったから』

「そりゃあ、嫌われるのは怖いですよ」

だから、最後の一歩が踏み出せなかった。彼女(せんぱい)が現れる前も、亡くなった後も。

「悠の気持ちも、考えちゃいますし」

『まあ、状況が状況だしね』

七夕で自分のした願いごとを思い出す。

――はやく悠が前に進めますように。

まあ、難しい局面なのだと思う。

悠だって、先輩にそっくりな女の子の出現に、気持ちが追いつかないだろう。

『大丈夫だよ、ゆっちーのことそれだけ考えてるここっちだから。ここっちなら、正しいことやれるから』

「自信家じゃないので」

『ここっちを信じるわたしを信じて。ゆっちーを幸せにできるのはここっちしかいない』

「……ですかね」

『だと思うよ？　それに、そう思ってるから、今ここっちは頑張ってるわけでしょ？』

そうだ、そのとおりだ。

ふと、机の上に転がっていた、選書中の本が目に入った。読みかけのままだった恋愛物。死んだ元恋人と、新しく恋仲になった幼なじみとの間で揺れる恋愛劇。

こんな偶然、愉快でもなんでもないけど、まあそういう運命なのだろう。これは、試練なのかもしれない。恋の試練だ。

「よし、頑張ります！」

『頑張れ、ここっち』

私は意気込むと、さっそく明日のための準備を始めた。

◆

翌朝、バチバチと鳴る物音に起こされてキッチンへ行くと、心愛が料理をつくっていた。

朝食は俺の家でつくっているので、合鍵は渡してある。それにしても、俺が起きるより前に準備を始めているなんてことは珍しいわけだが。

「あ、おはようございます、悠」

「ああおはよう……って」

こちらを向いた心愛の目元には濃い隈ができていた。それはもう、わかるくらいに。どう見ても寝不足だ。

「おいおい、大丈夫なのか。というか寝たのか？」

「大丈夫です。ちょっとだけ、考えごとをしていたら眠れなくなってしまっただけです」

そう返す心愛はなにやら揚げ物をしていた。朝から揚げ物？

「あとは、そのままその考えごとを実践していたら、朝が来てしまったというか」

「実践？」

「ええ。弁当を楽しみにしていてください」

「弁当？」

「いいですから、はやく学校に行く準備をしてください」

追い払われるように顔を洗い、着替えを済ます。弁当って……俺の昼飯だよな。昨日は夕食に回したけど、その時の会話からなんとなく今日はつくらずに様子を見そうな感じがあった。玲香ちゃんがまた持ってくるかもしれないからだ。

だが、どうやら心愛は、その後に心変わりをしたらしい。もしまた、玲香ちゃんが弁当を持ってきたらどうするのか。二人が用意した弁当を、両方食べることになるのか？

……………。

昼休みのことを考えると、すでに憂鬱である。

そうして、昼休み。

昨日と同じように、玲香ちゃんが俺たちのところにやってきた。

「今日は譲る気はありませんから」

彼女がきて早々に、心愛が言い放つ。

気合が入ってるというか、敵意が剝き出しというか、昨日の遠慮気味だった態度からはなにかが変わったらしい。

「えっと、なんの話です？」

玲香ちゃんが困惑しながら聞き返す。

「トボけないでください。悠の胃袋の話です。今日は私の弁当も食べてもらうので……って、あれ？」

心愛が、玲香ちゃんの手にある弁当の数を見て、不思議そうにした。昨日自分で食べていた分の弁当しかなかったせいだろう。

「今日は悠の弁当は持ってきてないんですか？」

「え？　だって昨日、普段は白雪先輩がつくってると言ってたじゃないですか。遠慮させてしまいましたし」

「言いましたけど、今日もこの教室に来るって言ってたじゃないですか」

「弁当を持ってくるとは言ってませんよ？」

『さて、そろそろ戻らないと、次は移動教室だから。先輩、明日もまた来ますね』

『へ？　あ、でも、弁当はだな――』

これで、俺が言い終える前に玲香ちゃんが教室から出て行って……。

確かに、思い返してみれば言ってなかった。

気合を入れて弁当をつくってきた心愛が、きょとんとする玲香ちゃんを呆然と見ながら、次第にいつもの顔色変色芸で頬を赤く染め上げていく。

「ふえ、あ、あ、え……？」

あー、えーっと……。

「えーっと、私はもしかして、勘違いを……ちょ、え、あ……」

玲香ちゃんが、心愛に笑みを返す。

「聞きました？　風間っち。『今日は譲る気はありませんから』らしいですよ」

「はっ、喧嘩を売ってない相手に啖呵を切るなんて、白雪ってやっぱすげえよ」

「ああもう、二人はからかわないでください。蛍ちゃんだって、電話でそれっぽく焚きつけたじゃありませんか！　大体、悠が悪いんですよ！　最初に勘違いしたのは悠じゃないですか！」

「俺のせいか⁉　確かに、最初に勘違いしたのは俺だったけどさ⁉」

俺たちの混乱を余所に、玲香ちゃんが椅子を持ってきて座る。

「ええっと、なんだか迷惑なことをしてしまったみたいで……」

「いや、玲香ちゃんは悪くない。うん」

この件に関して、悪いのは俺たちだ。

「ああああああもう、恥ずかしくて死にたいです……」

「死なないで、心愛ちゃん」

「ううう……」

顔を両手で覆いながら、俯くようにして言う心愛。

「ま、まあ、弁当を食べよう、な」

そう言って、心愛が張り切ってつくっていた弁当の蓋を開ける。

「凄い。色彩豊かな見事な弁当だぜ」

「頑張って盛り上げようとしなくていいですから」

「いや、本音だったんだが」

いつもは白米を敷き詰めていたが、今日は代わりにおむすびが入っていた。その横にはほうれん草のゴマ和(あ)え、枝豆も混ざったひじきの佃煮(つくだに)、きんぴらごぼうと、色彩豊かで栄養価を意識した料理が並んでおり、その横にメインディッシュとして――

「これは、唐揚げか？」

「……食べてみてください」

唐揚げを口に持っていくと、口の中にじゅうっと濃厚で奥深い蕩(とろ)けるような旨味(うまみ)が広がった。歯を使うまでもなくホロリと崩れてしまうような衣の中身は、想像していた鶏肉(とりにく)のそれとはまるで違う。

「中の身は、もしかして、鮭(さけ)か？」

「正解です。どうすれば悠が喜ぶ弁当をつくれるか考え抜いて出来上がった一品です」

俺のために、そこまで考えて。

「その、玲香ちゃんに対抗するために……」

再び、ぐたーっと心愛が死んだ目をする。恥ずかしさが一周して、感情が無になっているのだろう。

「うわっ、これめちゃくちゃ美味(うま)いぞ。唐揚げにされた鮭の身は、オーソドックスな焼き魚よりも鮭本来の味を引きだしているように感じるし、秘密は……そうか、衣にまぜたタレか！　金色の衣につけられた醬油味が中の身に浸透して、まるでヅケにした刺身のような味と風味を損なわず焼き上げたような香ばしさを持っているのだ。しかも衣に包まれた身を一気に口にするものだから、肉厚で野趣あふれる風味も感じてしまう！」

「だから、そんなグルメ漫画の台詞みたいなことを口にして、無理矢理盛り上げなくてもいいですよ」

「本音だってば！」

無理矢理盛り上げようとしているのは確かだが、感想は本当だった。

いや、めちゃくちゃ美味いな。心愛が頑張ってくれたのがわかる。もし心愛が本当に玲香ちゃんとお弁当勝負をしていたら、今頃俺の反応を見て勝ち誇っていたことだろう。本当にしていたら。

おむすびには鮭のフレークが入っていた。俺の好きなものを飽きないようにたくさん詰めこんで、満足させようという趣向も見られる。俺のことを知り尽くし、料理の上手い心愛だからつくれた素晴らしい弁当だ。

「いやでも、本当に美味しいよ。ありがとう、心愛」

「……むう」

ちょっとだけ機嫌を直したのか、少し照れてみせる心愛。

「まあ、いいですけどね。私が恥ずかしかっただけで、誰かが損をしたというわけではないですし」

ここまでしてくれる幼なじみを持って、俺は幸せ者だろう。なんにせよ、この弁当は嬉しいし美味しい。

そして、心愛と対決するわけでもなかった玲香ちゃんの弁当を見ると、昨日俺が食べたものと同様に、肉のオンパレードだった。

ウインナー、生姜焼き、チンジャオロース、サイコロステーキ……和洋折衷、肉に次ぐ肉が所狭しと詰まっていて、肉々しいとしか形容できない弁当に仕上がっている。

「玲香ちゃんは相変わらず肉だらけなんだね」

「あたし、お肉大好きですから」

それにしても、肉食が過ぎる。

「まあ、普段は野菜も摂ってますよ。家だとたくさん食べさせられますし。心配しないでください」

本当かなあ。

「食べるものって大事ですからね。食べたいって気持ちだけじゃありません、その時に自分に必要だと思うものを選んで食べてるんです。食べたものは、あたしを形づくる血肉となりますからね」

「玲ちん、ひょっとしてポエット系？」

「気取ってるつもりはないんですけどね」

照れ臭そうに玲香ちゃんが笑った。

こういう言葉の選び方も、いちいち先輩にかぶってみえる。

――食べた物は血肉となる、か。

だったら、あれだけ玲香ちゃんが肉を食べるのは、逞しく生きたいという気持ちの表れだったりもするのだろうか。

そして俺は、毎日のように心愛の弁当を食べているわけで。

心愛の弁当を毎日食べる理由、か。

いや、俺が求めたわけではなく、心愛からつくってくれるようになったものだが、俺も喜んで食べ続けている以上、これが今俺が必要なものなのだろう。

心愛の食べ物は美味しくて、暖かい。

食べると、心の隙間が埋まっていくような。

でも、稀に、何故だか申し訳なさのようなものも感じてしまう。気持ちの重たさに、尻込みしているのだろうか。自分でも料理をつくるようにしたのは、だからというのもあったのかもしれないな。

もっと、心愛の気持ちに、甘え続ける自分が不安になってしまったから。

そんなことを考えた。

◆

その翌日。

『風邪を引きました。学校休みます。ご飯は一人で食べてください。ごめんなさい』

朝、スマホに届いていたPINE(メッセージ)をベッドに寝転がりながら読んだ俺は、まだ眠たくて仕方がない身体を無理矢理起こす。

心愛が風邪なんて、珍しいな。思えば、昔からあいつが寝こんでいるところをあまり見たことがない。

そんな彼女が突然風邪を引いた理由といえば……。

朝食用に炊いていたご飯を容器に詰めて、冷蔵庫の中の食材を見繕う。スーパーで買い物するためのトートバッグにそれらを入れると、隣に住む心愛の部屋を訪ねた。

何度かチャイムを鳴らすと、パジャマ姿で怠(だる)そうな心愛が顔を出す。

「……なんできたんですか」

「飯をつくりにな」

心愛の顔はどこか熱っぽく、想像していたよりも大分熱が高そうだった。声を出すのも少ししんどそうである。

と、すぐに心愛が、なにかに気付くようにして距離を取るように離れた。

「それ以上近付かないでください！　風邪を移すと困ります！」

「心配しすぎだろ。つーか俺が体調を崩してた時は、思いっきり近付いてたよな」

「そんな昔のことはもう憶えていません」

「思ってたよりも随分としんどそうだが、軽口が叩けるくらいなら飯を喰う元気くらいはありそうだな」

まあ、一安心ではある。

「朝食はまだだよな？」

「まだですが……」

「お粥でいいか？　早く治すにはなにか腹に入れた方がいいだろうし、薬を飲むためにも食事は必要だろう？　今日は俺が朝食当番だからな。じゃあ、あがるぞ」

返事を待たずに家にあがる。

普段は俺の家に集まっているので、この家に入るのは久しぶりだ。普段から二人きりでいる付き合いが長い相手とはいえ、女の子の家なのであがるのにちょっとした罪悪感も多少はある。

「つーか、その風邪だって俺のせいもあるんだろう。昨日、突然徹夜して弁当なんてつくるから」

「それは別に、悠のせいではっ！　私が勝手に勘違いして、暴走しただけですし」

「俺も勘違いしていた。心愛の暴走を止められなかったのには責任がある」

「ありませんから……ごほっ」

苦しそうに心愛が咳き込んだ。

「って、すまん、興奮させて」

「……いえ、ま、まあ、それに、その分は授業中寝て元気は取り戻してましたし」

「してなかったからこうなってるんだろう。まあ、急に無理をするから身体を壊したんだ。今日はその分しっかり休まないとな。台所を借りるぞ」

自分の家でつくってこようかちょっと悩んだが、お粥は時間が経つと美味しくなくなるからな。なるべく作りたてを喰わせてやりたい。

と、心愛も台所にきて、俺の姿を見守っているのに気付く。

「部屋に戻ってベッドで寝てろ。できたら呼んでやるから」

「でも……」

「いいから。こういう時くらい休んでもらわないと俺もつらい」

なんとか、渋々と言った感じで俺の話に了承して部屋に戻って行く心愛。

「わかりました」

さて、と。

鍋に水を張って火を付ける。大根と人参を切って鍋に放ると、顆粒のかつお出汁を加えて一煮立ち。その間に葱を刻み、沸騰したところで米を入れる。その間に余った米を使って巨大なおにぎりをつくり、アルミホイルで包んで鞄に放りこむ。俺の昼の弁当だ。

しばらく煮こんだところで、塩で味を整えて卵を落とす。

いい感じに煮たったところで火を止め、お椀に掬って葱を盛りつける。お茶もグラスに注いでテーブルに置き、心愛を部屋から呼んだ。

「どうだ？」

「美味しい、です。それにしても手際がよかったですね。私は悠がお粥を作るところなんて、一度も見たことがありませんが」

「こっそり練習してたんだよ、こんなこともあろうかと」

「私にお粥を食べさせるために？」

「俺が心愛に飯をつくってやらなきゃいけない状況って、つまり心愛がダウンしてる時だからな。迷惑だったか？　だったらやめておくが」

「そんな、迷惑だなんて、あるわけないじゃないですか」

頬を赤くしながら、むすっとしてみせる心愛。

からかわれて怒ってるのか、喜んでるのか、どっちなんだ。

まあ、喜んでるというのはわかるが。

「それはそうと、悠もはやく食べないと学校に遅れちゃいますよ」

「おっと、そうだな。皿とスプーン借りるぞ」

「どうぞ」

自分の分の粥を盛って、心愛と対面するように座る。心愛の言う通りだ。なるはやで食事を済ませて学校に行かないと――

「――熱っ！」

「あーあ、なにやってるんですか。火傷したんじゃないですか？　看病しにきた人間が負傷してどうするんですか」

慌てて水を飲む。粥が触れた箇所がヒリヒリしていた。ああもう、焦り過ぎて格好悪いことをしてしまった。本当に恥ずかしい。

今度はゆっくりと、粥を冷まして口に入れた。

「冷ましてあげましょうか？　ふーふー……あーん」

そう言って、粥を掬ったスプーンを差し出してくる心愛。からかっているのだろう。こんな状況だから、俺に心配をかけまいと元気を見せつけているのかもしれない。

――でも。

俺は心愛の思惑には乗らず、そのスプーンにパクリと食らい付いた。

「あっ……」

すると、思わず心愛が小さく声をあげて、頬が真っ赤に染まっていく。知っている。心愛はこうやって虚をついてやると、激しく動揺してしまうことを。

「え、あ、え」

「なんだ？　あーんと言ったから食べただけだが」

「う、あ……い、いや、そ、その、か、風邪！　そうだ、風邪が移ったらどうするんですか！」

「このくらいでは大丈夫だろ」

その後も、う、あ、とか声にならない悲鳴をあげながら狼狽え続ける心愛。正直俺も恥ずかしくて仕方がないが、心愛に一太刀浴びせたかったのだから仕方がない。風邪を引いてるくせに俺をからかおうとするからこうなるのだ。

「よし、と」

そのままの勢いで粥を食べ終えて立ち上がる。

「う、あ、あれ、も、もう食べたんですか？　お粥はゆっくり食べないと消化に悪いですのに」

「遅刻はしたくないしな。あ、そうだ、洗い物は帰ってきてやるから、そのままにしててくれ」

「そこまでしてもらわなくても、そのくらいはやっておきますよ」

「いいってば。やってたら怒るからな。ゆっくり休んでおくように」

そう言って鞄を持つと、リビングを出る。

「……むう。わかりましたよ」

不満そうな心愛を背に、俺は学校へと向かった。

◆

悠が出て行ったのを見送って、膨らませてた頬が弛んだ。

多分、今鏡を見れば、にへらと笑う、気持ちの悪い自分の顔が映っていることだろう。いや、だって、最後のあれはなんだ。間接キス……いや、そうではなく、からかわれただけではあるのだが、いや、いきなりあんなの。

「……悠、絶対に許せません」

嬉しいのか怒ってるのか自分でもわからない。わからないが、とにかく今の自分の顔が気持ち悪いことだけはわかる。

そもそも、まったく期待してなかったわけではなかった。もしかしたら看病にきてくれるかな、なんてことをちょっとは思った。そして期待していたとおりに、悠がやってきてくれた。その時点でヤバかった。

「はあ」

だが、同時にすぐ大きな溜息をついた。

本当は休みたくなんてなかった。体調が悪いと自覚したあとも、学校には行くつもりでいた。でも、体温を測ったら普通に無理な数字が出たので、大人しく休むことに決めたのだ。

「あの子、今日も弁当を持ってくるんですよね」

心配なのは彼女のことだ。

悠にアプローチをしてきた、かつての恋人似の彼女。

私のいないところで彼女が悠にアプローチを仕掛けていると思うと……。

「くううう～……」

情けない。たった一日無理をしたくらいでガタが来てしまうなんて。ただ一日徹夜して、とっておきの弁当をつくっただけだ。たったそれだけなのに。

——粥を食べ、薬を飲み、ベッドに戻る。

それから目を瞑って、ぐるぐると回り続ける意識の中でずっと悠と、彼の元恋人によく似た後輩のことを考えながら瞼を閉じた。

◆

その日の昼休みも、玲香ちゃんはやってきた。

「あれ？　白雪先輩は？」

「風邪を引いてしまってな。今日は休みだ」

「えー、じゃあ先輩、ひょっとして今日は弁当がないんですか？　つくってくればよかった」

「いやいや、おにぎりがある」

アルミホイルに包まれた、巨大なおにぎりを見せつける。具材は梅干しだけ、おかずはなにもなしという、漢らしい弁当だ。

「それ、自分でつくったんですか？」

「ああ。制作時間3分ほどの力作だ」

たかがこの程度のことではあるが、以前の俺ならこれすらもできなかっただろう。学食でパンを買うより安上がりでいい。

「ゆっちーってすっかり料理上手くなったよね」

「おにぎりは料理に入るのか？」

「以前までは、おにぎりを握ってくることもなかったじゃん」

それは間違いない。

米を炊くこともほとんどなかったしな。

「おかず食べます？　肉は米に合いますよ？」

そういって、玲香ちゃんが唐揚げを差し出してくる。

「んー……」

白米に肉は魅力的である。だが、玲香ちゃんの弁当を食べるのは、なんとなく心愛に悪い気もしてしまう。

でも、このくらいならいいか。そもそも、もう弁当は食べてるわけだしな。

「じゃあ、もらおうかな」

「はい、先輩どうぞ。あーん」

「しないから」

唐揚げをひとついただく。

うん、美味い。おにぎりによく合う味だ。

「今のは感心しないな」

と、そこで口を挟んできたのは風間だ。そして、言っている相手は、俺ではなく玲香ちゃんである。

「どうしました？　風間先輩」

「見ていればわかるだろうが、今沢渡には白雪がアタックしてんだ。そして俺は沢渡と同じように、白雪の親友でもある」

「え、そうなの？」

友達ではあるだろうが、心愛は親友とまでは思っていないのでは。

「白雪の恋路を邪魔したいなら、まずはオレを納得させてからにしてもらおうか」

「お前は姑か」

と、玲香ちゃんがしばらく、んーっと考えるような仕草をして。

「風間先輩もひとつ食べますか？」

唐揚げを差し出した。

風間が、黙って箸を伸ばして唐揚げを口に運ぶ。

「可愛い後輩の手作りの唐揚げ、味付けは男子高生好みのこってり醬油味。……合格だ、オレが言えることはもうなにもねえ」

「チョロすぎだろお前」

ちょっかいを出すやつは許せなかったんじゃないのか。

しかし、自然に話してはいるが、やっぱりまだまだ慣れないな。

先輩に似た後輩と、こうやって話をすることに。

玲香ちゃんと話をしていると、ふと、油断した時に、どうしても先輩のことを思い出してしまう。

それはやはり、あまりよくないことな気がする。

俺は、おにぎりを頬ばりながら、そんなことを考え続けた。

◆

放課後、久しぶりに軽音楽部の部室に向かった。

軽音楽部。先輩と時間を過ごした、想い出の場所。正式にはもう存在しない部活だ。普通は名も知られていない部活のはずだが、部室に表札だけは残っているので不思議がってる生徒も多いだろう。

行きたくなったのは、玲香ちゃんのせいだろう。あの部室の空気を吸いたくなってしまったのだ。あるいは、先輩の記憶を思い出すことで、玲香ちゃんとは別人であることを確認したかったのかもしれない。

と、部室の前までやってきた時。

「先輩」

最近、親交が深くなった後輩の声に呼び止められる。

振り返ると、玲香ちゃんがいた。

「どうしたの、こんなところで」

「先輩こそ。もしかして、この部室に来たんですか？」

「たまには、空気を入れ換えておこうかなって。それよりも、玲香ちゃんはどうしてこんな場所に？」

部室棟は校舎から離れた場所にある。

意図的に目指さないと、訪れるような場所ではない。

「実は、あたしに似ているという先輩について、ちょっと調べちゃって。どういう部室にいたのか、見てみたくなったんです」

「なるほど」

確かに、あれだけ似ていると言われれば、その相手がどういう場所にいたのかくらい、気になってしまうものか。

「中に入ってみる？」

「え？　いいんですか？」

「俺はそのつもりで来たしね」

ポストに入っていた合鍵を使って中に入る。七月も中盤に差し掛かり、そろそろ暑さを感じてきた季節だが、部屋の中はしんみりとしていて、足を踏み入れると肌にまとわりつくような冷気を感じた。

「涼しいですね。昼寝するのによさそうです」

「一人でこっそり使うなら、勝手に使ってもいいよ、合鍵はポストに入れてるから。たまに掃除してくれると助かる」

「本当ですか〜？　秘密基地みたいでテンションが上がってきます」

秘密基地、確かにそうかもしれない。俺にとってもこの場所は、先輩との感傷に浸るための秘密の場所だ。

——そして、この部屋で玲香ちゃんを見ると、ますますそんな感傷に浸りそうになってしまう。もう、留まることをやめると、決めたのに。

「先輩って、あたしがいると迷惑ですか？」

「え？」

ふと、玲香ちゃんから不意打ち気味の質問をされて戸惑う。

「いえ、最初に出逢った時に逃げられましたし、なにか嫌な気分にさせてるんじゃないかって、ちょっとだけ心配してるんです。それに、もしかしたら、あたしのせいで白雪先輩に無理させちゃったのかなあって」

「まあ、心愛が無理をしたのは、その通りだと思うけど」

心労という意味では、確かに迷惑かもしれない。

玲香ちゃんがいると、引きずられてしまう。あまり思い出さないようにしている先輩のことを、どうしても考えてしまう。

今日この場所に来たのだって、その結果だった。

「嫌な気分になんてなってないよ。どうしても、思い出したくないことを思い出すことはあるけどね」

「先輩の先輩のことですか？」

「うん」

引っ張られてしまうのは、怖くて不安だった。

それは、玲香ちゃんにとっても失礼なことに思えたし、心愛に対しての後ろめたさだってある。

ふと、玲香ちゃんに質問される。

「先輩は、その先輩のことを、忘れたいんですか？」

「いや、忘れたいわけじゃないよ。でも、縛られたくはない。昔、本人からも、そういう心配をされてさ」

だから、先輩のことをうじうじと考えてしまうのは困る。そしてそれは、俺に好意を向けてくれている心愛に対しても、申し訳ないと思えた。

「やっぱり、あたしのせいで迷惑なんじゃないですか」

「いやいや本当に、迷惑なんかじゃないって。むしろ、先輩に似てるからって、いちいち心を掻き乱される俺がまずいわけだし。玲香ちゃんを見てもなんとも思わなくなるように、成長しないと」

「それって、あたしを試験紙みたいに扱ってます?」

「そういうわけでは……」

言おうとして、否定出来ない自分に気付いた。

「ごめん」

「いえ、謝らなくていいですよ。べつに悪い気はしませんし。いいじゃないですか、死んだ人に似ている人間を、故人と上手く決別できたかどうかの物差しに使う。理に適っていると思います」

「そういう打算的なのは苦手なんだ。失礼だと思うし」

「まあ、先輩はそんな感じですよね」

玲香ちゃんが苦笑いを浮かべた。しかし、玲香ちゃんだって、兄を亡くしてるんだよな。玲香ちゃんの俺に対する感情が、どういったものなのかはわからないが、少なくとも好意を持たれていることはわかる。

兄の代わりとして、見られているのだろうか。それとも、べつの感情だろうか。なんにせよ、彼女は彼女なりに気持ちの整理をして、俺と向き合ってるように見えた。

まあ、なんとも思ってない、これが彼女なりの普通、またはからかいの類で、ただの俺の自意識過剰という可能性もあるわけだが……。

と、そんなことを考えていると。

「あたしじゃ、その先輩の代わりになれませんか？」

「え？」

先輩の代わりって、それはつまり――。

「先輩の先輩に似ているというあたしが、その代わりをするんです。そうして、先輩のつらい記憶を、新しい記憶に塗り替えていくんです。どうでしょうか」

「どうでしょうかって――」

玲香ちゃんの言葉に、ドキンと胸が弾んだ。

代わりって……先輩の代用品として、交際しないかと言っているのか？

「忘れたいなら、新しいもので埋めればいいだけです。そういう意味では、あたしはうってつけだと思いませんか？　だって、あたしはその人に似ていますから」

「うってつけって……いや、言いたいことはわかるけど」

確かに、先輩の代わりという意味では、玲香ちゃんほど適している人間はいないだろう。そのくらいに、先輩にそっくりだ。でも、べつに俺は、先輩の代用品が欲しいわけではない。

どう返事をすればいいのか。というか、本気で言ってるのか？

「ふふ、冗談ですよ」

しどろもどろしていると、玲香ちゃんが苦笑いしながらそう告げた。

「先輩、今までみたいに、弁当をご一緒しても迷惑じゃないですよね？」

「大丈夫だよ。というか、何度も言ってるけど、べつに迷惑なんかじゃないから。でも、自分の教室で食べたりしないの？」

「友達いないんですよ。休みがちなので」

「病弱設定はまだ生きていたのか」

「もー、設定じゃないです、本当のことなんです。まあ、自分のクラスでも友達つくらなきゃいけないんですけどね」

それにしても、先輩の代わり、か。

その言葉が妙に引っかかっていた。先輩は時々、人の心を見透かしたかのように、当てて見せることもあった。そして玲香ちゃんは、先輩によく似ている。

あれは、まるで俺がなにを求めてるのか、わかっていたかのような。だから俺は、玲香ちゃんの言葉に、動揺してしまって――。

――いや、やめよう。

これ以上、このことを考えるのはよくない気がする。それから、もう少しだけ他愛もない話をした後、部室を閉めて外に出る。

校門前で、車の迎えが来てた玲香ちゃんが、以前見た黒い車に乗って行くところを見送って別れた。

——あたしじゃ、その先輩の代わりになれませんか？

なぜか胸にひっかかる、彼女の言葉。

俺は、玲香ちゃんの言葉を忘れるようにして帰宅した。

◆

その晩、すっかり調子を取り戻した心愛と、一緒に夕食を取った。

「悠のおかげですっかり治りました。隣に住んでいてよかったです」

「それはどうも。まあ、俺も一度助けられたしな。一人暮らしだと病気した時に大変だよな。食事をつくるのもつらいし、買い物行くのも苦労するし」

「本当に。以前はどうしてたんですか？」

「俺は滅多に風邪引かないから」

「羨ましいことです、私は必死に頑張ってました」

「ま、これからは俺がいるから、よかったじゃないか」

「まあ、そうですね。これからは悠が——」

と、心愛がなにかを言いかけて、急に顔を真っ赤に染める。

「な、なにを言ってるんですか！　これからずっと一緒にいるなんて！」

「ずっとなんて、言ってなかったんだが？」

勝手に言葉を変えないでくれ。

　こっちまでちょっと想像してしまったじゃないか。

「普通の家なら家族がいるんだろうけど、俺たちは一人暮らしだもんな」

　つい、そう呟くと、心愛が窺うようにこちらを見た。

「悠の家族、戻ってきたりはしないんですか？」

「さあね。こっちに戻ってくる方が都合がいいなら戻ってくるんだろうし、そうでないなら戻ってこないんだろうし。あの人たちは、俺に大して興味ないから」

「……そうですか」

　家族の話を人にすることは、ほとんどない。先輩が相手でも、聞かれた時にちょっと答えたくらいだ。

　でも、心愛にはずっと昔、伝えたことがあった。心愛もまた、子供の頃から親とよく揉めてたから、それで親近感がわいたというのもある。

　まあ、俺と心愛とだと、トラブルの性質が正反対のようにも思えるんだがな。心愛の場合は過干渉。だが、そのわりには日本に残して仕事でアメリカに行ってるし、心愛はちゃんと親に信頼されてるように、俺には見えた。

「楽でいいけどな、一人暮らし。心愛は親にいて欲しいのか？」

「いえ、一人の方が楽でいいです。そ、それに、最近は寂しくもないですし」

　心愛が、またちょっと頬を赤くして、視線を逸らした。

うんまあ、嬉しいけど、その、そんな真面目に言われても、恥ずかしいし困る。

「……今日、暇だったから本を読んだんです」

「うん？」

「恋人を失った男の子が主人公で、ふとしたことから恋人がまだ生きている並行世界に迷いこんでしまうんです。でも、主人公には今はもう新しい恋人がいるんです。ずっと幼なじみだった女の子の」

「既視感のある内容だな」

「だから、好きな作家さんなのに、ずっと読む勇気が持てなかったんです。でも、最近ようやく読む勇気が持てたんです。持てた矢先に、玲香ちゃんが現れちゃって、神さまを呪いましたが」

それはまあ、呪ってしまうだろうな。

偶然にしては、嫌な方向によくできすぎている。

「それを、最後まで読んだんです。今日」

「うん」

「オチは、どちらも選べなかった主人公は、器用に二人と付き合って終わるというものでした」

「なんだそれ。選ぶんじゃないのかよ」

「自分の欲に実直に向き合った上で、それを二人に伝えて、許してもらうんです。世界が違うのだから、浮気しているわけではない、と」

「無茶苦茶だな」

「無茶苦茶ですが、筋は通ってます。本人がそうしたいから、そうするんです。あらすじだけだと身も蓋もないですが、そこに至るまではいろいろとありますし」

「まあ、本なんて概要だけ書き出せば、そんなものかもしれないが」

それにしても、中々見ないパターンのエンディングである。

「そして、それを読み終えて、これまで読み出す勇気が持てなかったのが、少しだけ馬鹿らしくなりました」

「どうして？」

「悠は絶対に、この主人公のようなことをしないからです」

「まあ、そりゃ、二人と付き合ったりはしないよな」

しないというか、出来ないというか。そのように開き直ってしまうほどの、胆力はないだろう。羨ましさすらも感じてしまう。

「悠なら、どうしますか？」

「どうしてそんなことを聞くんだ」

「なんとなく、気になっただけですよ」

心愛が返す。深い意味はないのだろう。

でも、もしかすると、玲香ちゃんの出現によって、心愛もいろいろと考えてしまうことが、増えてしまったのかもしれない。

俺なら——どうするだろうか。

どちらの方が好きか自分の中で明確にわかっているのであれば、そちらを選ぶ気がする。でも、死別した元恋人だよな。その存在が、どれだけ尾を引くのか、俺はよく知っていた。

そもそも、その幼なじみとはどういう経緯で付き合うことになったのだろうか。なんとなく、慰めのため？　好きになって？　幼なじみに、実は前から好きだったとアタックされて？

主人公は、元恋人のことをはやく忘れたがっていたかもしれない。そうして、新しい恋に向き合おうとして、その幼なじみと付き合うことになった。かもしれない。

その本には載っているのだろうが、いずれにせよ、それまで好きだったのは元恋人の方で、その幼なじみとはその後に付き合い始めたということである。

だとすれば、その幼なじみは、元恋人との恋の。

——代用品。

ああいや、そうではなくて。

そういうネガティブな話ではないだろう、多分。

「……悠？」

心配そうに、心愛が俺の顔を覗きこんできた。

「怖い顔をしていますが、大丈夫ですか？」

「あ、ああ、すまん。なんでもない」

「すみません、変な質問をしてしまって」

「いや――その、ちょっと調子悪いみたいだから、そろそろ帰るな」

「あ、もしかして、風邪を移してしまったのでしょうか」

「安心しろ、そういうわけじゃないから。じゃあ、また明日な」

心愛の家を出て、隣にある自分の家に入る。

なんなんだ、いったい。

部室で、玲香ちゃんが変なことを言ったせいだろうか。

――いや、そうじゃない。

すぐに否定する。なんとなくわかっていた。玲香ちゃんの言葉が原因じゃない。

あれは切っ掛けにすぎなくて、ずっと自分でも似たようなことを考えてしまっていたのだ。代用品、なんてことは考えなくても。なにかしら、それに掠るような。

自室に入り、それがなんなのかの自問を繰り返しながら、俺はベッドに潜った。


気が付けば、意識が遠くなっていた。

◆

黒。

一面の黒に、視界が染まっていた。

永久に続くトンネルのような果てなき道。その道を、藻掻くようにして、俺は必死に走っていた。

「悠ちゃん」

どこからともなく、先輩の声が聞こえる。

「悠ちゃん、まだその場所にいるの？」

先輩の声に心がざわつき、背中を押される。

前に進まないと。

前に進まないと。前に進まないと。前に進まないと。

「悠ちゃん、まだ忘れてないの？」

はやく先輩を忘れて、次に進まないと。

足を止めるのが怖かった。足を止めて、前に進めないいしみったれた自分を見せてしまうのが嫌だった。空の上から見ているかもしれない先輩を、落胆させたくなかった。なにより、いつまでも引きずっている自分が、嫌いで仕方がなかった。

――前に進まないと。

だから、必死に前を目指して走った。

先輩を忘れるために。次に進むために。少しでも、自分を嫌いにならないために。幸せになるために。

「悠」

声が変わった。

この声は――先輩じゃなくて、幼なじみの――。

「――っ……！」

ガバっと、上布団を押し上げながら起床した。

身体全体が汗をかき、シャツがペタリと張り付いているのがわかる。悪夢を見ていたのだ。夢にしては珍しく、起きた後でも内容をハッキリと憶えている。

どうして、あんな夢を見てしまったのだか。

いや、自分でもわかっているだろう。こんな夢を見てしまう理由。

俺は……。

◆

週が明けて、月曜日の昼休みのことだった。

「そういえばさ、玲ちん来ないね」

弁当をつつきながら、なんの気なしといった様子で春日井が呟いた。そういえば、今日は玲香ちゃんがやってこない。

「ま、オレは沢渡がモテるところを見なくて済むから助かっているけどな」

「またストレートに小突いてくるよな。相手が俺じゃなかったら泣いてるぞ」

「自分の教室で食べてるんじゃないですか？　来ない日だってあるでしょう。あるいは、お休みとか」

気になってない、といえば嘘になる。なにせ、あんな話を部室でやってから、来なくなっているわけだ。

本気かよくわからないノリで、交際してみないかとも言われた。いや、あれは冗談だったと思っているが、それにしても玲香ちゃんは、俺の迷惑になってないか気にしている風だった。あれのせいかもしれない。

確かに、彼女がこなくなって心労が減ったといえば減った。でも、お昼はここに来たいとか、自分のクラスには友達がいないみたいなことも言っていた。友人をつくる努力でもしているのだろうか。だったらいいのだが。

と、その時、近くの席でパンを食べていたクラスメイトの山田(やまだ)さんが、俺たちの席に近付いてきた。

「ねえねえ、春日井さん。今話してた玲香ちゃんって、ここに来てた一年の四季玲香ちゃんのことだよね」

「ん？　そうだけど？　知ってるの？」

「全然親交はないけど、同じ中学校だったからね。今朝、校門前で倒れて保健室に運ばれてたよ」

「……え？」

疑問符を口にしたのは俺だった。

直後に、四人で顔を見合わせる。

え、運ばれた？　玲香ちゃんが？　倒れて？

「あれ、病気のこと知らなかったの？　彼女、昔からすごく病気がちで、出席日数もぎりぎりってくらいレアな子だったんだけど」

「サボってたわけじゃなくて？」

「まさか、本当の病気だよ。ずいぶんと重たい持病らしくて、小学校の頃からずっとらしいからね。この教室で沢渡くんを略奪しようとしていたのを見た時は、随分と調子がよさそうだなって感心してたんだけど」

「重たいって、どんな風に？」

「誰も詳しいことは聞いたことないらしいけどね、噂では命に関わるくらい」

——え？

今度は心の中で、疑問符が反芻する。

命に関わるくらいの重病？　今日、倒れて運ばれた？

先輩に似た、彼女が。

と、そこまで軽い様子で話していた山田さんが、失言に気付いたようで自分の口を押さえた。おそらく、彼女によく似た亡くなった先輩のことも知っているのだろう。

そして今、俺がその先輩のことを思い浮かべていることも。

「えっとね、気になるなら、保健室に行けばいいと思うよ」

そう言って慌てて自分の席に戻る。

運命的な出逢いをして、そのまままた運命的な——。

いや、まさか、そのようなことはないと思うけど。でも、まさか、いや。

「ちょっと保健室行って来る」

「悠、待ってください！」

すると、心愛に引き止められた。

「私も一緒に行きたいです」

俺は頷くと、心愛と一緒に教室を出て保健室まで早足で歩く。

と、同時に、何度も先輩の顔が頭の中に浮かんでは消えていく。

……さっきから、なんだってんだいったい。

俺はなにに焦っているというのだろう。玲香ちゃんが心配？　それはある。あるんだけど、そうではなくて。

想起してしまうのは、あの日のこと。先輩がいなくなった日。訃報を聞いた日。耳を塞いだ日。

ああ、そうか、俺はあの日のことを思い出してしまっていて——。

保健室に入ると、花守先生が生徒たちと談笑している姿が目に入った。昼休み、保健室を溜まり場にしている生徒はよくいるらしい。今いる生徒もその類だろう。

「わー、沢渡くん、どうしたのそんな怖い顔して」

「え、怖い顔?」

言われて、どうやら自分の表情が険しくなっていたことに気付く。すぐに表情筋を和らげて、意識的に口角をあげてみせた。

「もしかして、酷い腹痛……? お薬出そうか?」

「いえ、そうではなくって。四季玲香さんに会いにきたんですが」

「あー、四季さんならもう早退したよー? もう大分調子取り戻してたし、本人は授業に出たがってたけど、なにかあったら大変だから休むようにってね」

「え、もう帰っちゃったんですか」

心愛と思わず顔を見合わせる。

「ひさしぶりだったけどね、保健室にきたの。最近は元気だったみたいだし、その前は学校自体あまり来てなかったし……」

うーんと、眉を顰める花守先生。

「玲香ちゃんって、保健室の常連なんですか？」

「うん、そうだね。調子悪い時はすぐ来るように伝えてる。だから四季さんとは仲良しなのです」

花守先生がにっこりと笑った。

よかった、この様子だと特に悪いことはなかったみたいだ。

「あの、玲香ちゃんの病気って、そんなに悪いんですか？」

「んー……生徒のプライベートなことはあまり教えられないんだけど、そうだね。大変みたいだね。ずっと学校も休んじゃってたし」

花守先生もこう言ってるくらいだ、どうやら玲香ちゃんの病気は本当のことらしい。

「それにしても、二人は四季さんの知り合いだったんだね」

「ええ、最近知り合ったって感じですが」

「そっかあ、友達ができてるならなにより。そこもちょっと心配してたんだよね～。あ、友達じゃなくて先輩と後輩か～。仲良くしてあげてね」

「ええ、まあ、はい。ありがとうございました」

そう言って保健室を出た。

「はあ、よかった」

そして、思わず声に出して言う。

心愛が心配そうに、俺の顔を覗きこんだ。

「悠、大丈夫ですか？」

「ん？　俺はべつに大丈夫だが」

「そうではなくて。花守先生も言ってましたけど、怖い顔をしていたので……」

「ああ。すまない、自分でも気付かなかった。ちょっとだけ、嫌なことを思い出してしまってさ」

「先輩のこと、ですよね」

「……ああ」

先輩が亡くなった日。どうしようもないほどに世界が暗くなって、絶望してしまったあの日のこと。

どれだけ前を向こうとしても、どうやら俺の心には、まだあの日のことが深く残っているらしい。

先輩のことを忘れる気はない。でも、つらい気持ちは忘れたい。なかなか難しいものだよな。

前に進めない、気持ちばかりが焦っていた。

◆

午後の授業は、ずっと上の空だった。

先輩のことを思い出したせいか、連想するように玲香ちゃんの病気というものも気になってしまった。どのような病気なのか。

ホームルームが終わり、いつものように教室の前で心愛と合流する。

今日は特に用事もないので、校門を出て帰路についていたところ、不意に心愛が足を止めた。

「あの、悠。玲香ちゃんのお見舞いに行きませんか？」

「え？　なんで？」

「ずっと玲香ちゃんのことを考えてるじゃないですか」

「そんなことはないが」

「そんなことはあるでしょう。それに、私が逢って話したいんです」

「心愛が？」

「はい。心愛ちゃんに、話したいことがあって。もし、このままお昼一緒に食べなくなったら伝えられませんし、お見舞いに行くならちょうどいい機会だと思ったんです」「でも、お見舞いに行くっていっても、俺は玲香ちゃんの家を知らないぞ？」

結局PINEも交換してない。

よく考えてみれば、彼女が一年のどのクラスなのかすら知らなかった。

「蛍ちゃんが、調べてきてくれました」

「春日井が？」

「実は保健室に行った後、蛍ちゃんにPINEで相談したんです。もしかしたら、悠がお見舞いに行きたがるかもしれないから、家を教えてもらえないかって」

「どうして、俺がお見舞いに行きたがるなんて思ったんだ？」

「あんな顔をしていたら、心配して気になるんじゃないかってわかりますよ。本当に、怖い顔をしていましたから」

そんなに怖い顔をしていたのか……。

「でも、なんで春日井は玲香ちゃんの家を？」

「悠のクラスの、玲香ちゃんと同じ中学って言ってた山田さんに当たってくれて、そこから同じ中学だった後輩に連絡が回って――」

「なるほど」

どうやら、春日井には手間をかけさせてしまったようだ。お礼を言っておく必要がありそうである。

「そういうわけなので、玲香ちゃんの住所はわかってるんです。幸い、体調も戻ったと花守先生は言ってましたし、大して迷惑にはならないかと。迷惑そうなら帰ればいいだけですし」

確かに、迷惑そうなら撤退すればいいだけか。

玲香ちゃんに逢ったからといって、なにかができるわけでもない。ただ、なんとなく、彼女の顔が見たかった。もう無事なことはわかっているが、それでも死んでないという、安心感を心が欲していた。

　なるほど、トラウマとかフラッシュバックというものは、こういうもののことをいうのか。どうやら俺の心には、先輩が死んだあの日の記憶が、深く刻みこまれてしまっているらしい。自分でも、わかってなかったくらいの深さで。

　途中、繁華街にある美味しいプリン屋でプリンを買って手土産にした。スマホで地図を確認しながら、それから家とは反対方向に歩く。結構距離があるみたいだな。家に帰るのが大変そうだ。

　それから二十分ほど歩いたところで、閑散とした住宅街に辿り着いた。その外れにある一際大きな、庭付きのお屋敷の前で心愛が立ち止まった。

「大きいですが、この家みたいですね。四季と書かれた表札もあります。チャイムを鳴らしてみましょう」

　もしかして、玲香ちゃんの家って金持ちなのか？

　庭の前の門についたインターホンを心愛が鳴らす。しばらくすると、ぷつんという通話が繋がる音が聞こえた。

『はい、四季ですが』

「玲香ちゃん、ですよね？　白雪心愛です」

『え？　白雪先輩？　どうしてあたしの家に？』

ますが」

「悠もいますよ、お見舞いにきたんです。ご迷惑でしたら、手土産だけ置いて帰っちゃい

『ぜんっぜん迷惑なんかじゃないです。ちょっと待ってくださいね、門のロックを解除しますから。そのまま玄関の前にきて待っていてください』

カチャリと、門の鍵が外れる音がした。庭砂利の道を歩き、山吹色の大きなドアの玄関の前で立ち止まる。すると、中からドタドタという音が聞こえてきて、勢いよくそのドアが開いた。

中から顔を出したのは、薄緑色のネグリジェを着た玲香ちゃんの姿。

「わあ、本当に先輩方が。どうしてこの家を知っていたんです？」

「すみません、それにはいろいろ事情がありまして……」

——生きていた。

当たり前だけど、玲香ちゃんはちゃんと生きていた。

思わず、彼女を見て感極まってしまう。胸が締め付けられるような痛みとともに、涙が零れそうになって、慌てて上を向いた。すべてが自動的だった。条件反射だ。

「え、先輩？　どうしたんですか。上になにか？」

「いや、なんでもない。大丈夫だ」

そういえば、玲香ちゃんと最初に出逢った日も、結構混乱したっけ。

やっぱり、自分が思っている以上に、俺は先輩の死をトラウマにしているらしい。

「とりあえず、あがっちゃってください。あたしの部屋までご案内しますので」

◆

玲香ちゃんの部屋に入って驚いたのは本の数だ。

白を基調とした気品のある洋室の隅々には、壁を背にして巨大な本棚が聳え立っていた。テレビが設置された棚にも本を並べる隙間があり、そこにも所狭しとタイトルをアピールするように本の背表紙が並んでいる。

部屋は十畳くらいあるだろうか、子供が持つ個人の部屋にしては大分広い。この部屋にくるまでも長い廊下を歩いたし、家の外観通りの経済レベルの高さが部屋からも窺える。端的にいえば、金持ちの匂いがした。

「体調はもう大丈夫なの？」

「おかげさまで、元気が出たのに学校お休みになっちゃったから、退屈に殺されそうになってたくらいです」

玲香ちゃんが、部屋の角に寄せていた、小さなテーブルを中央まで引っ張ってきて座る。招かれたので、俺と心愛もそこに座った。

「これ、お土産だけど」

「わ、ありがとうございます。そうだ、お茶を淹れてきましょうか。一緒に食べましょう」

「いや、病人にそんなことをさせるわけには——」

「いいんですよ。ちょっと淹れてきますから」

玲香ちゃんが立ち上がり、部屋を出て行った。

その間、座ったままで部屋の中を見回す。本棚に並んでいる本は雑多で、古典的な文藝作品から最近の文藝小説、ミステリーにSFにライトノベルと、よりどりみどりだった。

玲香ちゃん、図書委員とは言ってたけど、ここにある本を全部読んでたりするんだろうか。というかこの蔵書が全部彼女のものだとすれば、図書委員だからでは説明が足りないくらいの読書家だと思う。

本をだらりと眺めた後は、机の方を見る。可愛らしいアンティーク調の、シックな勉強机の上には写真立てが飾られていた。

立ち上がり、近付いて見てみると、そこには今よりも少し幼い玲香ちゃんと、俺にそっくりな男の人が並んで写っている。これが玲香ちゃんの兄だろう。なるほど、俺に似ている。先輩と玲香ちゃんみたいに、瓜二つというほどではないが。

「あ……この本は……」

「どうした？」

「いえ、知ってる本があったもので」

心愛が見ていた本の背表紙には、『君のいない世界、キミのいる世界』というタイトルが書いてある。作者名は『岸エリカ』。

「先日、悠に内容を話した本です」

「ああ、あれか」

死んだはずの恋人と、並行世界で逢って、元の世界の恋人との二者択一を突きつけられるという。まあ、オチは両方を選ぶという、人間の欲望に忠実なものだったらしいが。

と、その時ドアが開いて、玲香ちゃんが帰ってきた。

「あれ、本を見てたんですか」

「ごめん、勝手に」

「いえいえ、って、その本は……」

テーブルにお茶を置いた玲香ちゃんが、俺たちのもとに近付いてきた。

「この本、この間ちょうど読み終わったんです」

「それは偶然ですね。その本、お父さんが書いたやつですよ」

「……え？」

心の中で、俺の声も心愛にかぶった。

この本の作者が、玲香ちゃんのお父さん？

「実はお父さん、作家なんです」

「でも、エリカって……」

「ああ、男か女かわからない方が神秘的でいいから、らしいです。露出も全然しないんですよね」

玲香ちゃんが、本棚から本を抜き取った。

「ちなみに岸は四季をもじったもの、エリカも玲香のアナグラムなんですよ。アルファベットのＲＥＩＫＡを入れ替えてＥＲＩＫＡ。ちょうど私が産まれた頃に作家デビューしたらしくて、その時の若気の至りと本人は言ってましたが。これもナイショなんですけどね」

玲香ちゃんは、パラパラと文庫本を捲ったあと微笑んで、再び本棚に挿してテーブルに戻った。

俺たちも玲香ちゃんと一緒にテーブルを囲むように座り、手土産にしたプリンを茶請けにしてお茶をいただく。

「あたし、昔から本が好きなんですよね。親にいっぱい買い与えられて不自由なかったですし、病気がちで、あまり外に出られなかったからってのも大きいんですが。あたしが思うに、本って食べものなんです」

「本を食べるの？」

玲香ちゃんが本を食べている姿を想像する。

「山羊じゃありませんよ。口で食べるんじゃなくて脳で食べるんです。血となり肉となり、読んだ本はあたしの中に息づく。あたしという存在を形成するための、大事な大事な栄養価となるんです」

「栄養価、ですか」

「白雪先輩は、好きな本ってあります？」

「玲香ちゃんのお父さんの本、好きですよ。いつも話が二転三転する構成で最後まで驚きますし、なにより、登場人物の自己中心的でわがままで人間くさい部分に、羨ましさみたいなのを感じてしまいます」

「本人の性格がよく出てますよね。お父さん、家の中でもすごく子供っぽいんです。行動的で直情的で、性格的にはあまり尊敬したくないいんですが。あ、感謝はしてますよ。あたしを育ててくれたこと」

玲香ちゃん、父親のことを結構無茶苦茶言うな。

「岸エリカ先生って、登場人物に似てるんですか」

「似てるというか、滲み出てますよね。これは、あたしから言わせればなんですが、作者と分断された作品なんてあるわけがないです。その作者がそれまで食べてきたものによって育まれた血肉が、台詞や文章となって出力されたものが物語です。これは、登場人物が作者の考え方を代弁するというわけではないんです。培った知見が、見聞きした世界の景色が、ストーリーに熱を与え、登場人物に魂を宿すという、生物学上当たり前の話なんです」

雄弁に玲香ちゃんが語った。オタクは好きなものを語る時に長文早口になるというが、今の玲香ちゃんはまさしくそんな感じだろう。

「先輩は、好きな本ありますか？」

「俺は……んーっと」

好きな本。

読書家というほどでもないし、いざ聞かれるとパっと出てこないが——。

「宮沢賢治、かな」

ふと、そう答えていた。

「理由は自分でもわからないんだけど、物語に共感してしまうというか」

「なるほど。先輩は宮沢賢治に共感、と。ああ、わかる気がしますね。純朴で——まるで、飴細工みたいな。知ってます？　宮沢賢治が好きな人は、太宰治が嫌いな人が多いって話」

『綺麗で優しくて、でも綺麗すぎるせいで、汚いものを一切合切拒絶してしまうような、飴細工のようなお話。知ってる？　太宰治が好きな人って、宮沢賢治が嫌いなことが多いんだって。理由は、正反対だから』

——ドキリ。

昔、先輩が言っていた言葉を思い出して胸が跳ねる。やはり、玲香ちゃんは先輩に感性が似ている。

しかし、ここまで似ているって——ふと、おかしくなって笑いが込み上げてきたが、噴き出してしまわないように必死に堪えた。

「本当かどうかわからないですし、偏見な気もしますね。でも、どこか反対な気はするんですよね、あの二人の作品」

「俺って、純朴そうに見えるの？」

「というより、自己中が苦手な印象です。受け身気質というか、遠慮がちというか、自己肯定感がなさそうというか、その癖他人と絡むのも嫌なコミュ障っぽいというか」

「おいおい、無茶苦茶言ってくれるな」

訂正、玲香ちゃんが無茶苦茶言うのは、父親に限った話ではないらしい。

ちょっと口が悪いというか、いや、素直なのか。

「先輩、世界に対して冷めてそうですもん。人生もっと盛り上げた方がいいです。もっと肉を食べた方がいいです」

肉？

「肉を食べたらなにか変わるのか？」

「力がつきそうじゃないですか。活動的になれそう。病弱な身体なんて忘れて、外を走り回れそう。だからあたし、お肉が好きなんです。いっぱい食べるのも好きです。そして、宮沢賢治よりも――」

「太宰治が好き？」

「え、なんでわかったんですか」

「昔、そういう話をしていた人がいてさ」

いつぞや、先輩がそんな話をしていた。

やはり玲香ちゃんは、先輩によく似ている。

「なるほど、そうです。ありのままの人間として、精一杯生きたい。綺麗ごとを言うために、誰かのために生きようなんて、欠片も思いません。自分のために、精一杯生きたいんです。人間的に。あたしはそっちの方が、後悔がないと思ってますから」

「……そっか」

玲香ちゃんの病気の重たさなんて、もうどうでもよくなってくるな。

彼女には生きる意思があって、どう生きるかも決めている。あとはもう、他人が聞いてどうこうする話ではないし、どうでもいい。お見舞いにきてよかった気がする。

先輩も、そういう風に生きられただろうか。いや、案ずることはないな。生きられたに違いない。先輩はそういう人間だった。

本も食べものの一種で、人を育てる栄養価、か。

いや、本だけではない、多分人が触れたものや出逢ったもの、今こうやって話していることもすべて、その人に影響を与える『生きる糧』で。

だから、玲香ちゃんを見て、先輩のことを思い出してしまう。俺はそういう糧を得て、今ここにいるから。

――ああ、そうか、わかったかもしれない。

俺が、ずっと自分に感じていた違和感。

あの日、玲香ちゃんに、代わりと言われて、抉られた胸中。

玲香ちゃんが肉を欲するように、俺も欲していたのだ。無自覚に、無意識に、自然と。

それを、糧にするために。

ふと、心愛の方を見る。

「どうしました？」

「いや、なんでもない。それより心愛は、玲香ちゃんになにか話すことがあったんじゃないのか？」

「あ。えっと、玲香ちゃん、その――」

心愛が、なにかを言いにくそうにする。

なにを言おうとしているのだろうか。

「改めて、友達になりましょう」

「え？　嬉しい話ですけど、改めて、どうしたんでしょうか」

「えっと……その、悠が好きだった人に似てますから、得られるものが多いのではないかと思いまして……」

……は？

待って、心愛さん、なんて。

「ぷぷ……ふふふ、ぷっ……あはは！」

「ちょ、笑わないでください！　わかってますよ。自分が恥ずかしいことを言ってることくらい！」

「恥ずかしいというか、おかしいですよ、まさかこんなことを言われるとは。要するに、白雪先輩は、あたしから恋敵に関する情報を学びたいと。先輩――えっと、沢渡先輩のために」

「……はい」

恥ずかしそうに、消え入るような声で心愛が答えた。

心愛が話したかったことって、それなのか……。

俺まで恥ずかしくなってくるな。

「構いませんよ。でも、いいんですか？　あたし、先輩にちょっかいを出すかもしれませんよ？」

「大丈夫です。そうはさせませんから。そうだ、PINEを交換しませんか？」

「喜んで」

恥ずかしがってた態度から一転、凛と言い放つ心愛。

強くなったよな、心愛は。

それに比べて、俺は――。

と、その時、心愛とPINEを交換しようと玲香ちゃんが手にしていたスマホが、音を鳴らしはじめた。

「すみません、電話です。……あれ？　おにーちゃん？」

……は？

さきほどの心愛の言葉に続き、二度目の「は？」。

おにーちゃん？　玲香ちゃんの兄は亡くなったはずでは？

ああ、他にも兄がいるのか。

「……あー、そう。なるほどね、じゃあまた、うん、ばいばーい」

玲香ちゃんが電話を切って戻ってくる。

「おにーちゃん二人いるの？」

「いえ、一人ですよ？　先輩にそっくりの兄が一人」

「あれ？　玲香ちゃんのおにーちゃんは、その、亡くなったのでは」

「亡くなってなんてないですよ？　今は留学でアメリカにいます」

「え？」

「え？」

………。

「先輩、もしかして勘違いしてました？」

「いやだって、そういう風な話の流れだったし」

「あたしはそういう流れの話をした憶えはないのですが」

「…………」

「悠、私の弁当を笑えませんね」

……あー。

マジか……。

◆

あの後、散々玲香ちゃんに笑われて帰路についた。

「まさかずっと、思い違いをしていたなんて……」

「私まで悠に騙されてましたよ」

「騙していたつもりはない。一緒に誤解していただけだ」

「でも、結果的には騙していたじゃないですか。弁当の時だって、悠の反応がなければあんなに騙されることもなかったような」

「あれまで俺のせいにするのか？　騙してなんてなかったってのに」

「いいや、騙してましたよ」

心愛が言い張る。

まああそうではあるけど、べつにそういうつもりでやっていたわけではない。

「そうだ、ちょっと遅くなりましたし、帰りはひさしぶりにラーメンでも食べて行きませんか。今から夕食の準備も面倒ですし」

「ん、わかった」

直帰はせずに、天々食堂に立ち寄る。

「いらっしゃーい。おー、お二人さーん、今日もアツいねー」

天々がやってきて、俺たちにお冷やを渡してくれる。

「店長、おアツい二人から、おアツいラーメンと半チャーハン。あとおアツいもやし入ったー」

「あいよー」

「待て、俺たちはまだなにも頼んでないんだが？」

天々が、俺のつっこみを無視して厨房に戻っていく。

いや、それを頼むんだけどさ。

あと、今の注文に『おアツい』はいらなかったよな？

「とうとう注文すら取られなくなりましたね。付き合いの長い店ですが、とうとう真の常連になってしまった感があります」

「嬉しいような、そうではないような」

思えば、この店のラーメンと炒飯も、かなり長い間食べてるんだよな。

奇を衒うことのない、正統派の鶏ガラ醤油ラーメン。ホっとする味。それでいて、普通の味。つまり、慣れすぎた味。いつまでも変わらない、変わられると困ってしまう——そういうタイプの味。

この店の味も、現在の俺を形づくる血肉の一部となっているわけだ。

今の自分は、ひとつひとつの食事の地続き。そう考えてみると、ただ漠然と食べていたものが、この上なく愛おしいもののように思える。

最近、一番口にしていたものはなんだろうかと考え、すぐにそれが心愛の料理だったことに気付いた。今の俺は、心愛という存在に大きな影響を受けている。

そんな心愛の料理に詰まったものは、俺への優しさと愛情だ。

心愛が、どういう気持ちで俺に料理をしてくれているのかはわかっている。

だから、俺が自分でも料理をすると言った時、最初は少し寂しそうな目をしていたし、玲香ちゃんが俺に弁当を持ってきたのを見て、より凄い弁当をつくろうと気合を入れて——入れすぎて、風邪を引いた。

——そういえば、険悪だったはずの心愛が俺にくれたものも、料理だった。体調を崩して寝こんでしまった時のお粥。

あのお粥が、俺が前に進むための切っ掛けをくれた。

「なあ、心愛。これを食べ終わったら公園に寄ってもいいか？」

「どうしたんですか急に。構いませんが」

「大事な話がある」

◆

店を出て公園を目指す頃には、既に周囲は暗闇に染まっていた。静かになった夏の住宅街の舗装路を歩いて、静まり返った公園につく。

とりあえず、なんとなしにブランコに座って漕ぎ始めた。隣に座った心愛も、俺と同じようにブランコを揺らし始める。ここにくるとやってしまう、定例的な所作だった。

「それで、大事な話とはなんでしょうか」

心愛が、若干熱を帯びた声で聞いてくる。

今更だが、俺は心愛の好意を知っているわけなので、改めてなにか大事な話をすると伝えた場合の彼女の反応については、もうなんとなく察することができた。

どんなに鈍い俺でも、変化を想像できなくなってしまうくらいに慣れきってしまった幼なじみという相手でも、さすがにもうそういった心の機微というものを読み取れるようになっていた。

心愛は、期待している。

俺から嬉しい言葉を投げかけられるのを。幸せへと至ることができる、そんな気持ちを告げられるのを。

——でも。

勇気を出して、口を開く。

「考えたけどさ、やっぱり、やめよう」

「へ？　なにを、ですか？」

最初は、俺がなにを言ってるのかわからなそうにしていた心愛だったが、次第にゆっくりと、言葉の意味を理解したらしい。

足踏みして、それでいて悩んで、ようやく出した結論だ。

俺は、ずっと前に進もうとしていた。進むべきだと思っていた。そうしないと、先輩に申し訳が立たないと思ったし、自分も駄目になると思っていた。

——だから、失ったものの代わりを探していた。

心愛の好意に応えるためだと思いながらも、彼女の愛情に申し訳ないからと言い訳をしながらも、常に考えているのは自分のことだった。

自分の気持ちを整理するため、先輩を忘れるためにと、不誠実にも、心愛の真っ直ぐな気持ちを利用していた。

食べていたのだ。

心の隙間を埋めて、前に進むために。

「俺は、心愛と付き合えない」

心愛の表情が、凍り付く。

揺れるブランコの動きが止まった。

「どう……して……ですか？」

心愛が、絞り出すようにして聞いてきた。

消え入りそうで、か細い声だった。

呆気に取られていた瞳が、次第に水気を帯びて、目尻にじんわりと粒が溜まりはじめた。

「その方がいいと思ったから」

「納得出来ません！」

当然の反応だったし、予想していた反応だった。

胃が痛かった。彼女の好意をふいにしているのだ。罵倒される覚悟はあった。悲しませてしまう決意もしていた。

それでも、これが最良の道だと思った。

「玲香ちゃんのことが好きになりましたか？」

「違う、そうじゃない」

「先輩のことがまだ忘れられないんですか？」

…………。

少し、考えて。

「そうだ」

「……っ！」

心愛が、泣きながら走って公園から出て行く。

わかっていたことだが、泣かせてしまった……。

想像していたよりもつらく、申し訳ない。

でも、ここでだらだらと俺に付き合わせるよりは、きっとこっちの方がいい。心愛のような人間なら、この先いくらでもいい交際相手を見つけることができるはずだ。

——俺も前に、進まないと。

そんなことを考えながら、俺は帰路についた。

部屋に戻ってきて、ベッドに顔を埋めて泣きじゃくる。

わからない、わからない、わからない。

いったい、なにを間違えたのだ私は。

私は悠(ゆう)に詳しい！

……そのはずだった。

あまり自己主張がなくて、ちょっと意地っ張りなところもあって、そして優しい。私の態度からちょっと険悪になってたりもしたけど、最近はむしろ砂糖菓子みたいに甘ったるくて、ドキドキできて、一歩一歩心の距離が近付いていた。はずの、幼なじみ。

だから、何故(なぜ)こうなっているのか理解できなかった。

内心嫌われていたなんてことはないだろう。アタックを、迷惑がられていたとも思えない。日記帳を見られたあの日、悠から「幼なじみ以上の関係からであれば」という言葉も聞いた。もしかして、あの時の悠の言葉に、甘えすぎていたのだろうか。

卑しい気持ちを持ってしまった私が悪いのだろうか。

状況だけみれば、人の弱味につけこみ、彼の心の隙間を乗っ取ろうとしているようなものではある。

涙が延々と止まらない。やがて、一人でこの辛さを抱えこむのが苦痛になって、スマートフォンを手に取った。

蛍ちゃんの番号を呼び出し、通話ボタンを押す。

すぐに、蛍ちゃんに繋がった。

『もしもし、どうした、ここっち』

「えっと、その……っ……」

咄嗟に電話してしまったものの、話す内容が決まっていない。

『わ、もしかして泣いてる？　いや本当に、どうしたの』

「……お、お時間はありますか。ちょっと聞いて欲しい話がありまして」

『あるよ。全然ある。暇すぎて瞑想して人生の迷走していたくらい。どうよ今のわたしの軽快なリリック』

「あ、えっと、まあまあです」

『自信作だったんだけどなあ』

蛍ちゃんの返しに、思わず心がほっこりと暖かくなる。泣いてる私を元気付けようとしてくれてるのだろう。

「……ありがとうございます」

『いいっていいって、で、どうしたの』

「あの、話を聞いて欲しいだけなんですが」

『うんうん』

今日起こったことを蛍ちゃんに話した。

玲香ちゃんの家にお見舞いに行ったこと。そして、彼女とお友達になれたこと。すべてが上手くいってるような気がしていたこと。

でも、さっき、悠に振られてしまったこと。

『ここっち、ゆっちーに弄ばれていたのでは？　実はゆっちーは、相手に喜びを与えて絶望に突きおとすのが趣味の、イカれたサディストだったのだ』

「違います！　失礼なこと言わないでください！」

『でもさー、普通、この流れで振るとかないっしょ。そういう空気これっぽっちもなかったじゃん』

「それはそうですが、でも悠はそんなんじゃないです」

『本当に？　でも、ここっちだってゆっちーのことを理解できてなかったから、振られちゃったわけでしょ？』

「うっ……っ……〜〜！」

『ああごめんごめん、今のは言い方が悪かった。というか、ここっちに積極的になるように言ったのってわたしだし、責任あるよね』

「それもそんなことはないです！　蛍ちゃんのせいではないですから！　鉢巻きの時だって、蛍ちゃんが助けてくれたわけですし」

焦っていたのは私だ、その背中を押してもらっただけ。

確かに、玲香ちゃんと出逢ってからの私は、ちょっと攻めすぎていたのかもしれない。がつがつしすぎて嫌われないようにと、それまで慎重になりすぎていた姿勢を、あの時に改めたというのはある。

だが、それが理由だとは思えなかった。そのあとだって、普通にしていたわけだし、なんならもっと心が近付いたような気だって。

『でもさ、先輩のことをまだ忘れられないからって、絶対嘘だよね。そんなんで振るなら、もっとはやく振ってたと思うし』

「それは間違いないです。理由を私に言いたくないだけでしょう」

これまで散々、比べられてきたのだ。思い出されてきたのだ。

亡くなった時のことを思い出したからって、いきなり私とは付き合えないなんて言い出すとは思えない。そもそも、わざわざそんなこと言う必要がない。こっちから答えを迫ったわけでもないのに、どうしてわざわざ？

『だとするとさ、玲ちんのせいじゃないって言ってるみたいだけど、やっぱり彼女のせいじゃないの？　だって、お見舞いに行ってから、それを言われたわけでしょ？』

「それも、違うと思います。それだったら、隠すことなく言うと思うので。ごまかしたということは、その理由を私に言いたくないということです」

『言いたくない、かあ。どうして？』

「……多分、私に迷惑がかかるとか、考えてるんじゃないでしょうか」

『え、なにそれ』

「振りたいんですよ、でもその理由を言うと、私を傷付けるか、もしくは納得しない。だからあんな、見え透いた嘘をついたんです」

私は、悠に詳しい。

なぜ振られたのかはわからないが、なぜ嘘をついたのかは想像できた。

『んで、ここっちはどうしたいの？』

「え？」

『結局、それが大事なんじゃない？　わたしはいつだって話は聞くんだけど、それでここっちがどうしたいのかなって。諦めるの？』

「まさか」

自分でも驚くほどはやく、そう返していた。

そこで、ようやく私は気付いた。自分が何故、蛍ちゃんに電話をしたのかを。話をして、なにを確認したかったのかを。

「ありがとうございます」

『え、どうしたの急に。わたしお礼を言われるようなことをした？』

「しました。蛍ちゃんのおかげで、自分のことを見つめ直すことに成功しましたから」

『ま、お役に立てたならなによりね』

それからしばらく、蛍ちゃんとお話をした。悠のどこが好きとか、悠のここが腹立つとか、ほんのちょっとだけ私のこととか。

「蛍ちゃん、本当にありがとうございました。では、おやすみなさい」

雑談を終え、最後にもう一度だけお礼を言って、電話を切る。

スマホを机の上に置き、そのままベッドに倒れようとしたところを思い直して、ベランダに出た。

都合よく悠が出てきたら——なんてことを思ったが、そんなことはない。昔気落ちした時、この場所で悠が励ましてくれた。でも今は、悠はいない。気落ちした自分を励ますのは、自分しかいなかった。

空を見上げて、手を伸ばして、星を摑むような所作をする。

——どこで、なにを間違えた？

私は悠について、なにを誤解したのだろう。

そうだ、まずやらなきゃいけないことは、悠への理解だ。わかってるようでわかっていなかった、悠のこと。長年見続けていながらも、見落としてしまった、悠の考え。

悠は、どうして私を振ったのか。

ストレートに聞いても教えてくれないだろう。それに、これは聞いてどうこうするべきものではない。多分。きっと。私は悠に詳しいのだ、だから悠を振り向かせられるのに、そこで挫けてしまってどうするのだ。

両手でパチンと、頬を叩(たた)いた。

考えろ、考えて——悠を攻略するのだ。

気付けば、涙は止まっていた。

先日も見た、一面の黒。

真っ黒な夢の中に、俺はいた。

なにもない、息が詰まるような黒。

最初はこの黒がなんなのかわからなかったが、よく見ると点在する白い粒と、酸素のない息苦しさから、ここが宇宙なことに気付いた。

上も下も、右も左もわからない、向かうべき道筋の見えないひたすらの暗闇。

どうやら俺は、夢の中で迷子になってしまったらしい。

と、そんなことを考えていると、突然白い光が差した。

視界がホワイトアウトする。

やがて、すうっと光が薄れていくと、それまでの宇宙とは別の場所に自分が居ることに

気付いた。

居る、いや、座っている。

レトロな雰囲気の電車――いや、雰囲気的には列車に乗っている自分。座っているのはボックス席で、座席はふるめいた木造だった。

夢のシーン切り替えって唐突だよな。ぶつ切りに、無理矢理繋ぎ合わせたように、次の場面を提示してくる。

車窓の向こう側を眺めると白い星々と宇宙が見えた。星について詳しくないが、あの形は見覚えがある。デネブ、ベガ、アルタイル。夏の大三角形だ。

列車は停車していたから星がよく観察できたが、この列車がどこにいるのかはいまいちよくわからなかった。でも、夢の中なので、詳しく考える必要もないのかもしれない。

そんな風にして星を追っていると、ふと、自分の席の対面に誰かが座っていることに気付く。

振り向くと、そこには俺と同じ月ヶ丘高校の制服を着ている、見慣れたショートカットの女子生徒がいた。

見慣れた。そう、以前は、毎日のように一緒にいた。

最初は、彼女によく似た後輩の方かと思ったが、すぐに違うことに気付いた。夢の中とはいえ、実際に逢ってみると、玲香ちゃんと彼女とでは、まとっている微細な空気のようなものが違う。

「先……輩……？」

「んー、夢の中にまで悠ちゃんが出てくるなんて、こんばんは？　それともおはようなのかな」

先輩は、俺を見ながら困惑していたが、それはこちらの方だった。

どうしてここに先輩が、一瞬そう思ったが、よく考えてみれば夢の中なのだから、誰が出てきてもおかしくない。

「おひさしぶりです」

「そう？　今日もあったばかりだけど。いや、昨日になるのかな」

どうやら夢の中の先輩は、今も俺と毎日のように逢っているらしい。

ということは、これはまだ先輩が生きている、付き合ってた頃という設定の夢なのだろうか。

「悠ちゃんは、最近、私と逢ってなかった？　逢ってなさそうだなあ、その顔だと。ということは、私と喧嘩別れした？　私が捨てられちゃったのかな」

「捨てませんよ。捨てられてもないです。ただ、その――」

夢の中とはいえ、実はあなたは死んだなんて伝えるのは気が引けるな。

諸説あるが、夢は睡眠中に脳が記憶を整理する際に見せてしまう副産物であると言われている。これによって記憶が固定化されるとも、いらない記憶が排除されるとも。

だとすれば、今目の前にいる先輩は、ただの俺の夢の残滓ということになるが、そのようなただの幻影とは思えないくらい、活き活きとしていた。

「もしかして、死んじゃった？」

すると、先輩がいつものように、言い当てるようにして言ってくる。

「……実は、そうなんです。先輩、もう亡くなっちゃってて」

「ええええ。そうなの、私、死んじゃってるのか。それはかなりショックだなあ」

ショックを受けている先輩。

もう既に死んでいる人が、自分が死ぬことにショックを受けるって、かなり変なシチュエーションだよな。

「そっかそっか。まあでも、そういうこともあるよね。じゃあ、今私の目の前にいる悠ちゃんは——はっ！」

先輩が驚く。

「もしかして、悠ちゃんも死んじゃったってこと？」

「死んでませんから」

「いやでも、死んだ私に逢ってるんでしょ？　悠ちゃんも死んでない？」

そう言われてみると、確かにそのとおりだ。

死んだ先輩と出逢っているのだから、自分も死んでいると考えるのが妥当か。

自分の死因が思い出せないが、案外死んだ人間というのはそういうものなのかもしれない。トラックにでも轢かれたのかもな。この列車は異世界に向かっているのかもしれなかった。

よーし、先輩とファンタジー世界を救っちゃうぞー！

「私、剣士がいいな。悠ちゃんはちょっとうじうじしているから後衛ね」

「いやいや、ここは俺に守らせてくださいよ。かっこつけさせて欲しいです」

「えー、やだー。剣振り回したいもん。で、種族はどれにする？　せっかく転生するなら、もう一度同じ人間なんて勿体ないよね」

「でたでた、先輩らしい発言」

夢の中なのに、いかにも先輩らしい発言だった。二度人間をやるのが勿体ないなんて、普通思うか？　俺はまた人間の方が嬉しいが。

「そうだ、私オークがいい。あの、強暴な豚みたいなやつ」

「やめてください！」

思わず反論していた。

先輩がオークになるなんて、それは困る。勘弁して欲しい。

「どうして？」

「いや、だって、嫌ですよ。可愛くないじゃないですか」

「うそ、可愛くない？」

「可愛くないです」

「えー……」

どうやら、先輩はあの生物を可愛いと思っているようだ。

そういえばそうだった、先輩はちょっとズレたところもあった。とても可愛いとは思えない生物を、可愛いと言い出すような特殊な感性の持ち主。

それにしても、なんでこんな夢を見ているんだろうな。

先輩と一緒に、宇宙の列車に乗る夢なんて。

……ん？

なにかを、思い出しそうになる。

「あ！」

すると、そこで先輩が、なにかを閃いたみたいに声をあげた。

「もしかしたら、こうも考えられない？　私は今、未来の悠ちゃんと出逢っている」

「え？」

「夢って不思議だもの。時間の概念もなくて、いきなり昔になったり、現在になったり、見知らぬ未来になったりもする。あー、もしかしたら、私が未来に行ってるだけじゃなくて、悠ちゃんも過去にきてるのかも。あー、なるほど、だから、列車なんだね」

一人で納得するように、うんうんと先輩が頷いてみせる。

——これって。

先輩の話を聞いて、さっき思い出しそうになっていたものがわかった。

『昨日ね、不思議な夢を見たの。宇宙で列車に乗ってるんだけど、そこに悠ちゃんも一緒にいる夢。でね、私は未来にやってきてて、未来の悠ちゃんと話してるの』

『銀河鉄道の夜みたいですね、俺好きですよ』

昔、先輩が言っていた話だ。

今、この状況がそうだということか？　いや、まさか――。

「なんでこんな夢を見ているのかな」

「夢の見せる映像に意味なんてありませんよ」

「そう？　私は、目の前にあること全部、意味があるって考えるけどなあ。そっちの方が楽しくない？　誰となにを話したか、誰となにを食べたか、どんな夢を見たか、全部意味があると思っちゃう。もちろん、悠ちゃんと出逢ったのも、悠ちゃんが私と出逢ったのも」

「俺の世界の先輩は亡くなっているわけですが、それなのに？」

「うん。きっとね、悠ちゃんにとっての私は――」

先輩がなにかを言おうとした。

その時、だった。

視界が真っ黒に染まって、ぷつんと途切れた。

夢の場面転換は唐突だ。こちらの気持ちや言葉を置き去りにして、自分勝手に終了してしまう。

そして、朦朧とする意識で、自分が起きていることを認識するのだ。

やっぱり、目覚めもいつだって唐突だ。出逢いも、別れも。なにもかも、唐突。

「なんであんな夢を見たんだ……」

目尻と、枕元が濡れていることに気付いて、俺は大きな溜息をついた。

時計を確認する。まだ起きるにはちょっとはやい時間だが、二度寝するには遅い時間だった。そろそろ心愛も起きてくる頃合いだ。

今日はあいつが朝ご飯をつくる予定だけど、せっかく起きたのなら朝食の準備を手伝ってもいいかもしれない。

そうだな、まずは顔を洗って——。

……いや、違うな。おそらく、心愛は来ない。昨晩、あんなことをしてしまったのだ。飯をつくりに来るとは思えない。

…………。

俺が心愛を拒んでしまった理由なんて単純で、俺には心愛と付き合う資格がないと思ったからだ。

今でも思い出してしまう先輩のこと。玲香ちゃんが倒れたと聞いて、自分でも驚くほどに焦ってしまったこと。

そして、前に進まないと、と焦ってしまう自分のこと。

最近、ずっと心のどこかで、自分の中に引っかかるものがあった。

最初、玲香ちゃんと出逢った時、PINE交換を断って逃げてしまった時もそうだった。

あの時はその感情の正体がわからなかった。先輩や心愛への後ろめたさだけではなかった。あれは、先輩によく似た玲香ちゃんとの出逢いで、また前に進めなくなる、そんな気がしてしまって怖くなったのだ。

　ことあるごとに、心愛に申し訳なさを感じた。前に進まなければならないと思い、心愛の気持ちに応えないといけないと考えた。玲香ちゃんに代わりと言われて、その正体に気が付いた。

　──俺は、心愛を利用して、先輩を忘れようとしている。

卑怯（ひきょう）だと思ったし、失礼だと思った。

　心愛はいい子だ。優しくて、健気（けなげ）で、実直だ。鈍い俺でも、今となってはあいつが俺のことを本気で好きでいてくれるのがわかる。

ずっと、想（おも）いを寄せてくれていたのだ。幼い頃から。俺が気付かなくても、他の人と付き合っていても、ずっと。

　そんな彼女を、利用したくはなかった。いや、そんな彼女を利用してしまっている、自分と付き合わせたくはなかった。俺という人間が深く干渉して、白雪（しらゆき）心愛という純粋な人間を、穢（けが）したくなかったのだ。

　傷は浅い方がいい。心愛にとって、もっといい相手はいくらでもいるはずだ。そもそも、俺は自分がそんなに好きではない。そこまで好かれるような価値を自分が持っているとは思えない。

——だから、振った。振らなきゃいけないと思った。これ以上、心愛の大切な時間と気持ちを、使わせてしまう前に。

人に好かれるというのは、ある意味恐ろしいことだ。少なくとも、そう感じてしまう程度には、俺は強い人間ではなかった。

……まあ、学校に行く準備をしよう。

顔を洗って、着替えを済ませたところで、心愛がやってこないので飯をつくった。一応、二人分。念のために。

もちろん、心愛はやってこなかった。

一人で飯を喰っていると、この家が一人で暮らすには広すぎるものであったことを再確認してしまって、少しばかり気が滅入る。

気楽なはずなのに、胸にあいた穴のようなものに、ぴゅうと冷たい風が吹き込んでしまうような悪寒が走った。

とはいえ、親にこの家に戻ってきて欲しいわけではないけれど。

「やっぱり、一人の方が気楽だよな」

◆

朝食を済ませて、家を出る。

心愛はもう登校しているのだろうか。彼女の家のドアを見て、一瞬そう思考した後に、エントランスを抜けて外に出た。

アスファルトを焦がすような太陽の洗礼を浴び、学校までの道筋を想像して朝からゲンナリと気分が曇った。そういえば、今日はいつも以上に、じめじめとした気持ち悪い湿気が肌にまとわりつくのを感じる。

何度も額を拭いながら教室に着くと、俺の顔を見た春日井が、凄い剣幕で慌てて駆け寄って来た。

隣にあった風間の椅子を俺の隣にくっつけて、そこに座る。

「ゆっちー、なんでここっちを振ったの？」

さっそく、心愛に事の顚末を聞かされたのだろうか。

春日井に話が行くのは想定内だったので、大して驚きはなかった。教室で堂々とその話を振られるのは勘弁願いたかったが。今、近くの女子にめっちゃチラチラ見られてるし。

「特に理由なんてないよ。回答を待たせると迷惑かなって思っただけだ」

「嘘。絶対に理由がある癖に」

「ない。気にしないでくれると助かる」

「はあもう、なんでごまかすかなあ。教えてくれるまでこの席動かないかんね。このままホームルームが始まっても、授業が始まっても、ずっと！」

「だったらずっと座ってるといいさ。俺はなにも答えることなんてないのだから」

「わたしが本気じゃないと思ってるでしょ。本気でずっと座っちゃうよ？」

「勝手にしてくれ。俺は別に困らないぞ」

だって、それ俺の席じゃないし。

…………。

ガラガラという戸の開く音とともに、紙代先生が入室してくる。

「はーい、ホームルームをはじめますよー……って、風間くん、席についてください」

「座りたいんすけど、オレの席を占拠してるやつがいてですね」

「ゆっちーが質問に答えてくれないので、席に戻ることができないんです」

「よくわからないんですが、沢渡くん、質問に答えてあげてもらってもよろしいでしょうか」

「嫌なんですが⁉　というか、困るから席に戻ってくれない⁉」

「困ってるじゃん」

「そりゃ困るよ！」

◆

午前の授業を終えて、昼休み。

いつもならこの教室に来るはずの心愛はやってこず、この席に集まってくるはずの春日井もやってこなかった。

春日井は、昼休みになるなり、弁当を持って早々に教室を出て行ったのを確認したが、推測するに心愛のところにでも向かったのではないだろうか。

「なあ、沢渡。白雪も春日井もこないけど、どうかしたのか？」

一人で弁当を食べていると、隣の席の風間が惣菜パンを齧りながら、声をかけてきた。

「ちょっと、いろいろとあってな。このまま二度と一緒に昼飯を喰うことはないかもしれん」

「は～、よくわからねえけど、白雪と仲直りしたらどうだ？」

「喧嘩してるわけじゃないよ。普通だから心配するな」

「じゃあなんなんだよ。お前が白雪と一緒にいないなんておかしいだろうが」

「一緒にいなくてもおかしいことはないだろう」

「いいや、おかしい。お前さ、最近どれだけベタベタしてたか知ってるのか？　朝は必ず一緒に登校してくるし、帰りも常に一緒だし。朝食も夕食も一緒だったんだろう？　普通ありえないから」

まあ、その通りだ。弁解の余地もない。

なんとなく一緒に食べることになって、なんとなく一緒に行動していたが、普通は交際しているカップルでもあんなに一緒にいないだろう。

俺だって、俺と心愛のような間柄の人間を見かけると、無条件で付き合ってると思ってしまうに違いないし、ちょっと度が過ぎてると感じただろう。

「まあ、だからだよ」

「どういうことだ？」

「よくないなって思ったんだ。心愛のためにも」

「意味がわかんねえ」

「いつもすまないな、心配してもらって」

今、風間が俺のことを心配して話しかけてくれていることはわかる。と同時に、このようなことになってしまったことへの不甲斐なさと、申し訳なさがわきあがってきた。

「べつに、怒ってはいねえよ。あと、そういう時はだな、謝るんじゃなくてお礼の方が俺は嬉しい」

「そうか。ありがとうな」

「話があったらいつでも聞くから、遠慮なく頼れよ？」

先輩が亡くなった後も、こうやって励ましてもらったな。

まあ、今のような居心地の悪い関係は、そのうち解消されるだろう。そう思いたい。

とはいってもこれは俺の我が儘だし、結局このままなにも元に戻らなくなったとしても、それは仕方のないことだ。

時間とともに関係が戻る――いや、別の形に進むのを、今は少しばかり祈りながら待つしかない。

ただの、幼なじみとしての関係に。

◆

数日後、一学期の終業式が無事終わった。

その間、一度も心愛とは食事をしなかったし、登下校も別々だった。まるで、心愛が看病にきてくれる、それよりも前の時間に戻ってしまったかのような状態。

春日井とも全然絡まなくなった。昼休みは心愛のところに行ってるみたいだし、どうも避けられてる気もする。もしかしたら、嫌われてしまったのかもしれない。まあ、仕方ないか。

最近よくつるんでいた、仲良しコミュニティが崩壊してしまったのだ。コミュニティ破壊といえばオタサーの姫、つまりオタサーの姫と同格の罪深さと考えると中々のものである。罪深い。

放課後、この日くらいは風間を遊びに誘ってみようと思っていたが、用事があるのかさっさと教室から出て行った。

仕方ない、一人で適当にぶらついて帰るとしよう。

繁華街について、あてもなくあちこちを闊歩（かっぽ）する。

ゲームセンター……は一人で入っても面白くないか。べつに、なにかはまっているゲームがあるわけでもないしな。

そうだ、最近は一人で家にいるせいで時間を持て余している。暇を潰すためのゲームでも買って帰ろう。

ゲームショップに立ち寄って、適当に新作を物色する。あー、このゲーム、二人でやるのにちょうどいいな。心愛も好きそうだ。買って帰ってやろうか。

と、そこで、心愛はここ数日うちに来ていないことに気付いて我に返る。いかんな、なにをやってるんだ俺は。

なんだか居づらくなってしまったので、慌ててゲームショップを出る。それからしばらく歩いていると、今度は書店が目に入った。この近辺で一番大きな、三階建ての総合書店だ。

無自覚に、吸いこまれるようにして中に入っていた。

暇を潰せそうだし、脳が栄養を欲しているのもわかる。疲れた脳が、糖分を求めるように。なるほど、本が食べものとはこういうことかと、先日玲香ちゃんが言っていた言葉の意味がわかった。

なにも考えずにいると、あまり考えたくないことや、もう考えないと決めたことばかりが頭に浮かんでくるので、その思考を追い出したくなるのだ。先輩のことを忘れようとして、今度は心愛のことを忘れたいと思っていた。

難儀なものだ。なくなった分を心愛で埋めて、その心愛がいなくなったから、また新しく埋めるものが必要らしい。

と、そんなことを考えていると。

「やっほ、先輩じゃないですか」

ちょうど、玲香ちゃんに、思わぬ遭遇をした。

「お元気してましたか？」

「うーん、まあまあかな」

そんなに嘘がつけない性格なので、誤魔化しを混ぜつつそう応えた。元気といえば元気だが、そうでもないといえばそうでもない。

「白雪先輩のことで、ちょっと元気をなくしちゃってますか」

しかし玲香ちゃんは、俺と心愛の状況について知っていたらしい。

「誰かに聞いたの？」

「春日井先輩にＰＩＮＥ（メッセージアプリ）で。お昼も先輩のクラスに行ってなかったじゃないですか」

「それは、そもそも玲香ちゃんが学校に来てるのかもわからないから」

「まあ、それもそうですね。終業式まではちゃんと行けてましたよ、寝こんでばかりで留年したくないですし、気合入れて登校しないと」

玲香ちゃんが、力こぶをつくってみせる。

「本を買いにきたんですか？」

「いや、なんとなく入っただけだ。目的はない」

「暇潰しですか。白雪先輩と遊ばなくなって、暇しちゃってると」

図星なので、返す言葉がない。

しかし不思議なものだ、少し前までは心愛と一緒にいないのが普通だったのに、このちょっとの間に、心愛がいないとなにをすればいいのかわからなくなってしまった。

「あたし、思うんですよ。人の好意を受け止めるのにも才能があるって」

平台に積まれた本を手に取り、ペラペラと捲りながら玲香ちゃんが言った。

「いきなりなんの話だ」

「疑り深い人間だったら相手の本心を探ってしまうでしょうし、極端に愛に飢えていて自信がないと、嫌われるようなことをわざとやって、相手を試してみてしまう。それでも尚、自分のことを好きでいてくれるのかどうか。依存というやつですね」

「俺はそういうのではないよ」

「でも、似たところはありそうです。怖くて、逃げてしまったんでしょう？　そうなってしまいそうで、そういう自分を相手に見せてしまいそうで、それでいて白雪先輩に迷惑をかけてしまうのではないか、そんなことを考えてしまって」

「…………」

やっぱり、この子は本当に、先輩によく似ていた。蘊蓄があって、他人のはずの俺の内面を見透かしてくる。年不相応に達観している。

でも、同時にちょっとだけ違う気もした。どこがというわけではないが、やっぱり別人だった。昨晩見た夢のせいだろう。どんなに似ていても、この子は違うのだという確信だけは持てた。

——もしかして昨日の夢は、今度は玲香ちゃんを代わりにするなよという、神さまとかそういうオカルティックななにかからの、警告だったりするのだろうか。

「先輩の場合、もっと素直に生きればいいのにって思います」

「素直に？」

「そうですよ。自分勝手に生きればいいんです。先輩が今、どうしたいのか。あまり難しいことを考えずに」

「難しい話をしているのは玲香ちゃんの方だけど」

「あたしは単純な話しかしてませんよ。ええっと——ほら」

玲香ちゃんは、捲っていた本を置くと、どこかへと移動をはじめた。俺も彼女についていくと、文藝書のコーナーの一角へと進む。た行の棚に並んでいた太宰治の本を一冊抜き出すと、それを手渡してきた。『人間失格』だ。

この手の古い名作と呼ばれる文藝書は、時代に応じたカバーイラストを用意して出し直すことが多々ある。今持っているやつは、有名な漫画家が表紙絵を描いたバージョンだった。

「たまには、こういう本もいいんじゃないですかね」

「俺はあまり好きではないんだけどな」

「先輩は考えが偏りすぎな気がします。共感も、羨望も、どちらも大切だと思うんです。誰だって自分は理解して欲しいものですし、同時になるべく綺麗でありたいと思うのも普通です。人生、そんなもんじゃないでしょうか」

年下に人生観を説かれるとは……。

だが、不思議と嫌味はない。先輩に似ているから——ではないな。多分、彼女の言ってることが、的を射ているからだ。

「最初に出逢った、七夕の前日。あたし、あたしに似てるっていう先輩の先輩の話を聞いて、ちょっとだけ、いや結構嫉妬したんです」

「ん？」

「だって、あたしにそっくりな人がいて、その人があたしに手に入らない青春を手にして、先輩と付き合ってたわけでしょう？」

「ん、まあ、そういうことになるな」

「あたし、これまで誰かと交際したりなんて、経験がありませんから。そういうのいいなって、ずっと憧れてて。だからグイグイ、アプローチしちゃったんですが」

「ああ、なるほど……」

「亡くなった相手に嫉妬して、ちょっといい仲の幼なじみがいるってわかっても、グイグイ行ったわけです。あたしに似た先輩が元カノで亡くなってるというのも都合がいいと、内心思っちゃいました。これは、恋を手に入れるチャンスだと」

　だから、俺にグイグイきてたわけか。

「自分のために、他の人の気持ちなんて蔑(ないがし)ろにして、死者をも冒瀆(ぼうとく)して、それはもうグイグイと行ったわけです。あたし、病弱ですが肉食系女子ですから」

　病弱だけど肉食系って、なかなかのパワーワードだ。でも、玲香ちゃんらしい。先輩ではなくて。

「先輩は、軽蔑しませんか？」

「んー……いや、そんなことはない。べつにそれで俺が損したわけではないしな。というか、そんな内心なんて、自分から言ってくれないと知らなかったことだし。むしろわざわざ教えてくれて誠実だとすら思えるよ」

「じゃあ、そういうものでいいんですよ」

「そういうものって？」

「身勝手で汚くてもそんなもの、ってことです。みんな同じって話です。先輩、なんだか息苦しそうな気がしたから、伝えておきたいなと思って」

　身勝手で汚くても、みんな同じか。

「まあ、ありがとう」

　今の話を聞いてなにかが変わるようなことはなかったが、玲香ちゃんが俺を励まそうとしてくれているのはわかった。

「んじゃあ、あたしこれから病院に行く用事があるので、そろそろ行きますね。あ、そうだ、先輩」

「ん？」

「あたしと付き合う気になったら、いつでも言ってきてくださいね。お待ちしておりますので。これは、嘘ではありません」

心愛と友人になっておきながら、なかなかふてぶてしい発言だ。

だが、それもまた、実に玲香ちゃんらしかった。どうやら、あの日部室で言ってきたことは、冗談ではなかったらしい。

「考えておくよ」

俺は手を振って、玲香ちゃんと別れた。

◆

自室に戻って、さきほど買ってきた『人間失格』をパラパラと捲った。

とは言っても、本の内容は知っている。国語の教科書に載っていたし、その時教師からも解説された。フィクションでネタにされることだってよくあるから、馴染(なじ)みが深い。

「しかし、今こんな本を読んでどうしろというんだ」

恥の多い生涯を送ってきましたという書き出しが有名な、太宰治の代表作。他人への理

解に乏しい主人公が、必死に社会へ溶けこもうとする話。糞(くそ)みたいな登場人物が続々と登場しては、それに翻弄されて精神を害して駄目になっていく話。

俺が好きな宮沢賢治(みやざわけんじ)の本とは反対の、人の汚らわしさと哀れさを描いた物語だ。人間の汚い部分を濃縮してあり、それに苦悩する主人公の物語。

とても気落ちしてる時に読むような本とは思えなかった。でも、出てくる人間の汚さに触れているうちに——なんだか、少しだけ気が楽になっていく気がする。

没頭して、最後まで読んだ。

読み終わって思ったのは、やっぱり俺は綺麗な物語の方が好きだということ。たとえば、そこの本棚に挿してある宮沢賢治の『銀河鉄道の夜』のような。

『ちなみに私はどちらかといえば、太宰治の方が好きです。そっちの方がね、共感できるから』

昔、先輩が俺に告げた言葉。

そして、今なんとなく、改めて先輩が好きだった理由をひとつ見つけてしまった。だって先輩は、そういう物語を好きだと言って許容してくれたからだ。

ああそうか、本に羨望を求めていて、だから『銀河鉄道の夜』が好きだった。でも、本当に共感していたのは——。

と、その時、鞄に入れていたスマホが鳴った。

誰だろうと思いながら画面を見ると、心愛の名前が表示されていた。

一瞬、どうするかを悩む。振ったことについて触れられる、と思う。気が重たいし、少し面倒だと思ってしまった。申し訳なさで潰れそうにもなる。

だが、ここで無視してしまっては、心愛とはもう一生話すことがなくなってしまう気がした。普通に戻りたいなら、こちらも普通に振る舞う必要があるのだ。

通話ボタンを押す。

『っ！』

電話の向こうで、心愛が息を呑むのがわかった。

「どうした？」

「あの……その……」

心愛が、言葉を行ったり来たりさせた。

なにを伝えたいのかわからないが、言いにくいことなのだろう。あるいは、あんなことがあったから、話しにくいだけなのかもしれないが。

「わ、私が、大変なんです！　すぐに、公園まできてください！」

「は？」

言葉の意味がわからず、思わず聞き返す。

私が大変って、どういうことだ。

「今、私が大変なんです！　だから、はやく来てください！　お願いします！」

一方的に伝えられて、電話が切れる。

なんなんだ、いったい。

ずいぶん切迫した声だったけど、自分が大変って……。

……よくわからないが、電話を掛けなおすのも違うし、無視をしてはまずいということだけはわかる。それに、急いだ方がいいということも。

俺は部屋を飛び出すと、公園に向かって全力で走り始めた。

◆

公園に入ってすぐに、心愛の居場所はわかった。

敷地の端の方にある巨大なソメイヨシノ。その、地上から五メートル以上は離れているであろう樹の枝の上に、人の姿のようなものが見えたからだ。

――あいつ、あんなところでいったいなにを。

慌てて駆け寄ると、それが制服姿の心愛だとはっきりわかった。

樹の枝は人の体重を支えるには細く、心愛の重みでしなっていた。少しでも衝撃を加えれば、今にも枝がポッキリと折れそうな勢いである。

「なにをやってるんだ、心愛」

「ゆ、悠を脅すためです」

「脅す、って。なにを脅すっていうんだ」

脅すと言っているのに、全然怖くない。

というかビビっているのは心愛の方だ。声だけでなく、両足も震えていた。普通の人間でも恐怖を感じる高さなのだ。高所恐怖症の心愛なら、尚のことだろう。

「悠は……悠は、私と付き合ってください！」

付き合えって――。

「とりあえず、降りて来てくれ。話は聞くからさ」

「嫌です。だって悠は、付き合ってくれないでしょう？」

「そりゃあ、まあ……」

「本当の理由も教えてくれませんでしたし」

「それはっ……」

理由をごまかして済まそうと思っていたが、こうなってしまっては仕方がない。

きっと、本当の理由を言っても納得してくれないだろうが、それでもなんとか説明するしかないのかもしれない。

「ちゃんと話すから」

「だから、付き合わないいんじゃないですか。私は、悠が付き合ってくれるって言うまで、ここを降りません！　私は本気です！」

心愛が声に合わせて足を動かしたのか、枝がしなって葉を揺らした。一瞬、ビクリとなったが、心愛は近くの枝を摑んで、なんとか体勢を保っていた。

「いや、本気なのはわかるけどさ！」

そりゃあどう見ても本気だ。見ているだけでヒヤヒヤしてしまう。だからこそ、はやく降りて来て欲しいのだが。

「付き合ってくれないなら、落ちます」

「だから、そういう冗談はだなあ」

「冗談じゃないです」

心愛が、強い口調で言い放った。

俺は、心愛に結構詳しい。

あの言葉が嘘じゃないのが、わかる。

心愛は、本気で喋(しゃべ)っている。

「こうでもしないと、悠はごまかそうとして逃げてしまいます。悠は私を振ることを決意していました。しかも、自分のためではなく、多分私のためとか、そんな理由で」

「待て待て、お前はいったいなにを――」

「だから誤魔化さないでください！　私は悠に詳しいんです！」

また、ガサガサと枝が揺れた。……運がよければ怪我(けが)はないだろうが、もし頭から落ちたりすると、死んでしまう可能性も十分にある。

「こ、これは私の決意です。このくらい、悠に交際を迫ってるという本気を見せているんです。悠が私から逃げるようなら、脅迫してでも繋ぎ止めます」

「そんなことされたって、付き合えるわけないだろ」

「付き合えますよ。悠は私が大切ですから。そして、悠は優しいですから。私の身の安全のために、付き合わざるを得ないんです」

言ってることとやってることが無茶苦茶だ。

俺が心愛を大事にしているから、脅迫すれば付き合うって？

確かに、そこから落ちられたら困る。怪我でもされたらヘコむ。万が一死なれたりしたら——先輩に続いて今心愛までいなくなったりしたら、俺は立ち直れないだろう。

今度こそ、絶対に、前に進めなくなる。そんな確信すらある。

って、あれ。

——もしかして、それも恐れてた？　付き合うのが怖くなってた？　傷付けるのも、失うのも、汚い自分を見るのも、全部怖くなったから、元の関係に戻ろうとしていた？

ハっとなってしまう。

「……俺は気にせず、心愛を置いて帰るかもしれない」

「だったら落ちるだけです」

「心愛のことなんて本当はどうでもいいかもしれない」

「そんなことはないですよ。悠は、私の方を向いてましたから」

「だから、なにを根拠に――」

「何年も振り向いてもらえずに、ずっと近くにいたんですよ。そんなの、わかるに決まってるじゃないですか！」

あ、と。

声が漏れたか、漏れなかったか。

そうだった、心愛は、ずっと俺のことを見ていたのだ。

俺の感情の変化を、俺が誰を見ているのかを、多分俺自身よりも、見ていたのだ。

「だから、振ったんです。だから、怖くなったんです。悠は優しいですから。私にとってプラスにならないとか、そんなくだらないことも考え出して」

「そんなことは――」

「あります。私は、そんなに焦るつもりはありませんでした。一年でも二年でも、三年でも十年でも、悠が前の恋を忘れられないというのなら、いくらでも付き合って、振り向かせるつもりでした。この状態でも悠は問題なかったはずです。他の子が好きになったら、その時はその子と付き合えばいいだけでしょう」

「付き合う気がないのに、その気を持たせ続けるなんて迷惑じゃないか」

「迷惑でなにがいけないんですか！」

「――っ！」

もう一度、強い口調で言われる。

「私は、ずっと悠の迷惑にならないように、好意を伝えずにいました。仕舞っていました。結果として悠と親しくなれましたが、私は今でも自分のその行動を後悔していますし、情けないと思っています。臆病だったんですよ。悠が先輩に出逢う前に気持ちを伝えていたら、なにかが変わっていたかも知れないって今でも考えてしまいます。悠と付き合えて、恋人として想い出を積み上げることもできていたかもしれないって、そんな可能性を考えてしまいます。そして、そうやって遠慮していたから、こうやってまた悠に突き放されようとしているんです。一方的な善意を押しつけられて、こちらの言い分も聞いてもらえないまま、終わりを告げられているわけです。そんなの嫌です。嫌すぎます。だからもう、絶対にそうならないように、私は自分の中にある気持ちを、全部悠に伝えることにしたんです。悠が聞きたくなくても、迷惑だと言いそうでも、私が伝えた方がよさそうだと思うなら、そうします。じゃないと、後悔するとわかったからです！」

心愛が、叫ぶように言う。

途中から、鼻声になっていた。泣いているのだ。高所のせいではないだろう、感情が昂ぶって、つい涙が流れてしまったのだ。

「私、悠に振られた時、最初はこう思ったんです。悠について詳しいつもりだったけど、本当は違ったんじゃないかって。でも、よくよく考えたらそんなことあるわけないです。だって、私は悠に詳しいですから！　悠よりも！　私、悠のことが好きです。ずっとずっと、大好きです。なにがあっても振り向かせたいと思っています。悠が本気で嫌がったら、その時は諦めるかもしれませんけど、そうでないなら死ぬ気で好きになってもらうと決めました。自分のためにです。悠のためにではありません。私は、好きな人が幸せになってくれればそれでいいなんて、健気なことは思いません。私は、私のために、私の手で悠を幸せにしたいんです。だから悠も、私のことを――」

と、その時。

心愛が立っていた枝がぐわんとしなる。

足を滑らせるようにして心愛が――落ちた。

なっ、あの馬鹿――。

俺は咄嗟に、跳ねるように心愛が落ちているところを目掛けて走った。

あああもう、間に合え間に合え間に合え――両手を前に突き出す。と、同時にドスンと両手に重みがかかる。そして、手の内側に女の子の感触を感じる。お姫さま抱っこをするようにして、心愛を抱えていた。

間に合った、らしい――。

「……すみません」

怖かったのだろう。身体を震わせながら、涙の混ざるような声で心愛が言った。声だけじゃない。心愛の顔を見ると、瞳には涙が溜まっていた。

「落ちるって脅してたくせに」

「実際に落ちたら、怖いに決まってるじゃないですか」

そりゃあ怖いだろう。

俺だって、見ているだけで怖かった。

「……つーか、重たい」

「し、失礼ですね。体重は軽い方だと思いますが」

「違う、そっちじゃない。その、心愛の気持ちがだ」

ゆっくりと、心愛を地面に降ろしてやる。

心愛はよろよろと立ち上がり、こちらを見た。

「今更知ったんですか」

「知ってたけど、思ってたより重たかった」

「引きました？」

「いや、引いてはないし、嫌いにもなってない」

「それはよかったです」

心愛がはにかんだ。

さきほどまでの俺なら、この重たさに恐怖を感じただろうか。でも、不思議と今はそんなことはなかった。

間違いなく、心愛のせいだろう。

「私、悠に食べられたいんです」

「いきなりなにを言い出すんだ」

「あ、いや、そういう意味ではなくて。そっちじゃなくて」

心愛が頬を赤らめながら、上下に両手をぶんぶんと振る。

「その、悠が前を向くために、利用してくれればそれでいいんです。難しく考えなくたって、私は悠が好きで、悠も私のことを思ってくれています。互いに好意を利用しあう。それじゃ駄目でしょうか」

「損得勘定で付き合う、ってことか？」

「少なからず、誰かと付き合うって、そういうことだと思うんです。お互いに、お互いを食べ合って、干渉し合って、今よりちょっと幸せな毎日を目指す。私は、悠とお付き合いできたら幸せです。悠は、私と付き合えたら、先輩のことを忘れることができます。それで、いいのではないでしょうか」

心愛が笑う。

計算しろと言っている心愛の言葉は、誰よりも献身的で、俺のことを考えてくれているものだった。

自分ではそう言ってるくせに、彼女には計算も打算もないのだろう。自分のためと言いつつも、俺のためにも言っているのがわかる。

そして、そんな彼女を見て、改めてひとつハッキリしたことがあった。

――俺は、心愛が好きだ。

可憐（かれん）で、勉強ができて、料理が上手くて、世話焼きで、意外と感情的なところもあって、献身的だけど人間的で、なにより俺について俺よりも詳しい——そんなこの幼なじみのことが、俺は好きだ。

この先、こんなに自分のことを好きでいてくれる人間なんて絶対に見つからないだろう。だからこそ、付き合うのはよそうなんて考えたりもしたが、あれは傲慢で臆病だったのだ。

本人の気持ちを置き去りにして、相手のためになるわけなんてなかった。心愛だって、自分のために言ってるのだ。相手のために振るだなんて、ただの思い上がりだった。

俺に重たい想いをぶつけてくるこの幼なじみのことが、途方もなく愛おしい。

そもそも、諦めるしかなかった。だって、ここで言い訳をして逃れようとしても、この幼なじみは別の言い分を見つけて、迫ってくるだろう。

心愛曰く、俺は優しい。そして心愛のことが好きだ。だから、自分の身を人質にすれば、俺は逆らえない。

無茶苦茶だけど、まったくもってその通りだ。断れるわけなんて、ない。

「はあ、わかったよ。付き合おう、心愛」

「……！　本当ですか⁉」

なんの本だったか、昔恋愛は相手に言い訳を用意するのが大事とか、そんなことが書いてあった気がするな。

自分を悪者に仕立てて、脅迫という形で、俺に言い訳を用意してきた幼なじみだ。やっぱり諦めるしかなかった。

「ああ、本当だ。諦める。俺は心愛と交際するよ」

「〜〜〜っ！」

この日、俺と心愛は恋人になった。

◆

その日、また不思議な夢を見た。

宇宙を走る列車に乗っている、あの変な夢だ。

対面の座席には、以前見た時のように、先輩の姿があった。

「やっほー、悠ちゃん」

「テンション高いですね」

「そりゃあ夢の中でまで悠ちゃんに逢えるんだもん、嬉しいよ」

「まあ、俺も先輩に逢えて嬉しいですが」

ガタンゴトンと、座席が揺れる。

走るのが宇宙でも振動するものなんだな、なんてことを思った後、すぐに以前の夢とは違う点に気付いた。

「この間は、この列車は走ってなかったですよね」

「そうだね。今日は走ってるみたい。出発の時間がきたんだと思うよ。私たちがこの夢を見ていない間に」

　夢を見ていない間に時間が進むというのも変な話だが、まあそういうことなのかもしれない。

　この列車がどこに向かっているのかが気になったが、今はそれよりも気になっていることがあった。

「先輩、そういえば、以前なにを言おうとしていたんですか？」

「ん？」

「先輩が俺と出逢った意味がどうとか、ってやつです。なにか言おうとしたところで、夢が終わっちゃったじゃないですか」

『私は、目の前にあること全部、意味があるって考えるけどなあ。そっちの方が楽しくない？　誰となにを話したか、誰となにを食べたか、どんな夢を見たか、全部意味があると思っちゃう。もちろん、悠ちゃんと出逢ったのも、悠ちゃんが私と出逢ったのも』

『俺の世界の先輩は亡くなっているわけですが、それなのに？』

『うん。きっとね、悠ちゃんにとっての私は――』

　あの時、先輩はなにを言おうとしていたのか。

　すると先輩は、ちょっと哀しそうな顔をして口を開いた。

「きっとね、私と悠ちゃんは、お別れするために出逢ったんだよ」

お別れするために、って。

「わざわざ別れるために出逢う理由なんてないでしょう」

「そうかな。人はいろんなことを経験して前に進むものだからね。今の悠ちゃんは、私がいないと存在しない悠ちゃん。そうでしょう？」

先輩の話は、もっともだった。

あの時、先輩と出逢って、先輩と死別して、そんな経験がないと今の自分は存在しない。

先輩と死別してなかったら、心愛と付き合うこともなかった。なんとなく、そんな気がしてしまった。

「でも、そのせいで哀しい想いをしたのに？」

「そう。哀しい気持ちにだって、意味はあるもの。怒りにだって、辛い気持ちにだって、きっと意味がある。全部、未来に繋がってるものだから」

哀しい気持ちをバネにして、頑張ってみたり。つらい経験を参考にして、周囲を慮（おもんぱか）ってみたり。

「私が死んだのなら、それは悠ちゃんにとって意味がある」

「でも、それって、酷（ひど）くないですか。人の死を、自分が走るための燃料にしてるみたいで」

「誰かのためになれたのなら、そっちの方がいいに決まってるよ。私たちの食べものになってる生き物だって、そういう気持ちで接してるけどなあ。悠ちゃんは違うの？」

違わなかった。

俺は、日常的に命を摂取して生きている。

「私が死んで寂しいなら、それをバネに次の恋を頑張ればいいよ。悠ちゃんって重たいよね。だから多分、その重たさを受け止められるような、重たい女の子がいいんじゃないかなあ。もしくは衝突しないくらい凄く軽いか」

「ちょっと、目の前の先輩はまだ俺と付き合ってるんでしょう？　今から俺の次の彼女の話をしないでくださいよ」

「えー、だって心配だもん、私と別れたあとの悠ちゃんが。ってこれ、付き合う時にも言ったような気がする」

言われたような気がする。

告白した時に、確かそのようなことを散々言われた。

「でも、難しいです」

「悠ちゃんは純朴すぎるからね。無理してやれって言ってるんじゃないよ。ただね、甘えてもいいってこと。悠ちゃんだって誰かに頼られたら嬉しいでしょう？　悠ちゃんを頼ってくれる女の子のこと、どう思う？」

すぐに、心愛の顔が浮かんだ。

それが答えだった。

と、その時、キキーっと車輪が擦れる音がして、列車が止まった。

どうやら、どこかの駅に着いたらしい。

降車するための扉が開く。

「さて、悠ちゃん、ここでお別れだよ。この列車、どうやら私のいる世界の方に向かってるみたいだから」

駅の案内を見ると、行き先は『過去』と書いてあった。反対側は『未来』となっている。そしてこの駅は、『現在』と書いてあった。

「先輩は降りないんですか？」

「ここは悠ちゃんの夢の中だからね。きっと私は、過去に進まなきゃいけないから」

なるほど、先輩はこのまま夢の奥に消えてしまうのだ。とても哀しい話だが、だとすれば俺は降りなければいけない。

座席を立ち上がる。外の世界に出たところで、俺は先輩の方を振り返って言った。

「ありがとうございました、先輩」

なにかが、床に落ちるのがわかった。水滴だ。世界が滲む。水滴が落ちて色がぐちゃぐちゃになった水彩画みたいに、輪郭が滲んでよくわからなくなる。

俺は、自分が泣いていることに気付いた。

「悠ちゃんが、前に進めますように」

扉が閉まる。

列車が走り出す。

先輩が過去へと走って、小さくなって消えて行く。

ふと、視界に、笹の葉が目に入った。

七夕でもないのに、ホームには短冊のついた笹が飾ってあった。

『はやく悠が前に進めますように』

そこには、自分のためにどうのこうのと人に説教を垂れておきながら、俺の知る限り誰よりも献身的な幼なじみが書いたと思われる、短冊が飾ってあった。

どうやら、七夕の願いごとは、本当に叶うものらしい。

◆

翌朝、目覚めると、部屋の外から物音が聞こえてきた。

時折止まっては、またドタドタとフローリングを歩く音。なにかを準備している、生活音だ。

着替えを済ませてドアを開けると、リビングから微かに匂いが流れてくる。米の炊けた匂いと、出汁の匂いだった。

自分以外の人の気配がする我が家は久しぶりだ。それに落ち着いてしまうあたり、やはりこの家は一人で過ごすには広すぎるらしい。

同年代の、親を煩(わずら)わしく思っている奴(やつ)らからすれば、なんとも贅沢(ぜいたく)な話だろうけどね。

料理に集中していた音の主が、ようやく俺の気配に気付いてこちらを向いた。

「おはようございます、悠」

私服姿の心愛が、こちらを向いた。白のシャツに白のプリーツスカート。本人の肌の白さもあって、まるで風間が称したような雪原の妖精(スノーフェアリー)のような風貌だった。

夏の季節に、涼しげな見た目がとてもよい。

「ひさしぶりだな、この挨拶」

「悠に拒絶されてましたからね」

「べつに、付き合えないと言っただけで、一緒に飯が喰えないと言った憶(おぼ)えはないんだが」

「そんな状況で、一緒にご飯なんて心情的に無理に決まってるでしょう」

そりゃそうだ。

洗面所に向かって顔を洗う。リビングに戻って、朝食が並んだテーブルに座った。

白米、しめじの入った味噌汁(みそしる)、白菜のお新香(しんこ)、卵焼き、焼き鮭(さけ)。和食の王道ともいえるラインナップが、食卓に並んでいた。

心愛の着席を待って、手を合わせる。いただきますの挨拶をして、箸を伸ばした。

「めちゃくちゃ美味(うま)いな。いつにも増して美味い」

「作り方は変わりませんよ、もう食べ慣れた味でしょう」

「心愛のつくったご飯を食べるのはひさしぶりだからな」

「まあ、ひさしぶりで美味しく感じることはあるでしょうが。……あ、美味しい」

「心愛はいつも食べてたんじゃないのか？」

「その、悠と一緒に食べるのが、ひさしぶりですから」

ちょっと頬を赤らめながら、心愛が言った。

恥ずかしがるなら言わなければいいのに。いや、そういうこと言われると、嬉しくなるんだけどさ。

「でも、そうか、それもあるか」

「はい？」

「いや、美味しく感じる理由」

一人で食べるより、二人の方が美味しい。

それが好きな人なら尚更。そして明日の自分が、ほんの少し幸せになれるような気もした。そんなことを考えて、またちょっとだけ、ご飯が美味しくなる。

「悠、今日はなにか用事あるんですか？」

「いいや特に。夏休みだというのに、なんにも」

「だったら、買い物に行きませんか。行ってみたい場所があるんです」

「へー、いいけど。どこに行きたいんだ？」

「ちょっと歩くことになるんですが、大型のスーパーができたんです。会員制なんですが、いろいろ安いらしくて！」

どの店のことを言っているかわかった気がした。

最近日本でも増えてる、海外資本の倉庫店スタイルのお店だ。

でも、確か。

「多分そこ、18歳未満は会員になれないぞ」

「え、そうなんですか⁉」

「ネットでそういう記事を見たぞ。残念だったな、家族がいれば家族会員になれるらしいけど」

「母が家にいないことを、こんなに悔しく思ったことはありません」

心愛が悔しそうにして見せる。

「だったら、今日はどうしましょう」

「外は暑いし、無理に出歩かなくてもいいんじゃないか？」

「でも、せっかく悠と遊びに行けるんですし、どこかに行きたいような」

「そんなに焦らなくても、これからいくらでも時間があると思うが」

まあ、夏休みだからといって毎日自由というわけではないんだけどさ。課外授業だってあるし。

「でも、でも、だって、その、記念すべき、交際をはじめて最初のお出かけできる日ではないですか」

「そんなに重要な日か？　付き合い始めた日というなら、昨日がそうなってしまうし、特別記念すべき日にも思えないんだが」

「重要な日です！　私にとっては！」

心愛に、真っ直ぐに気持ちを伝えられる。

そしてすぐに顔を真っ赤にして、俺から目を背けた。

だから恥ずかしがるんなら言わなければいいのに。いや、俺は嬉しいんだけどさ。

「わかった、とりあえず外に出よう。歩いてればなにか見つかるかもしれない」

「散歩ですね。わかりました」

心愛が満足そうに笑う。

正直、暑い日にわざわざ外に出なくてもという気持ちがなくはないが、こんなに心愛が喜ぶなら、散歩も悪くはない。

それから朝食を済ませ、歯磨きをして、洗い物も二人で終える。家を出て、マンションも出ようとした時に、自動ドアの前で心愛が足を止めて俺を制した。

「待ってください、悠」

「どうした？」

「最初の一歩ですから、一緒に出ましょう」

「……どうでもよくないか？」

「よくないんです！　重要です！　だって、その、これは悠との関係が変わった、最初の一歩ですから」

そう言われれば大事なことのように思えてくる。

これは、今までの関係から変わるための一歩であり、そして俺が前に進むための一歩なのだ。

「一緒に、せーので行きましょう、悠。じゃあ、行きますよ」

「「せーの」」

# 第6・5章　恋の天気予報

7月20日（晴れ）

今日、死ぬほど嬉しいことがあった。

ずっと好きだったおさななじみと、ようやく付き合えることになったのだ。

やり方はちょっと強引だったけど、でも、先に彼が無理矢理突き放してきたのだから仕方がない。これで、おあいこというものだろう。

蛍ちゃんと風間くんには迷惑かけちゃったから、いつかお礼をしないといけない。

交際をはじめて、なにか変わるのか。

わからないけど、心構えは変わると思う。これは主に、私というよりは悠の。きっと、ようやく、吹っ切れてくれたということなのだ。

しかし、一年でも二年でも三年でも待つつもりだったけど、悠の勇み足でずいぶんとはやくなってしまった気がする。

私としてはいいのだけど、悠にはつらい別離の経験がある。その傷が本当に癒えてるのか、癒えた振りをしてないか、そこはまだちょっとだけ心配だ。

私は悠に詳しいが、悠が失ったものの痛みを推し量ることしかできない。そこに関して私は部外者で、所詮当事者ではないのだから。

だから、見守っていかないといけない。それが私の役目だろう。

悠が前に進めるように。

一歩ずつ、恋人としての関係を、進められるように。

◆

今日の分を書き終えて、日記帳を閉じる。

これを書き始めてそれなりに経つ。

最初は、悠に対する気持ちをまとめるために付けはじめたんだっけか。で、これを嫌がらせでクラスの女子に取られて、それが切っ掛けで悠に気持ちがバレた。

私の気持ちが悠にバレた時は不安で頭がいっぱいになったけど、気持ちを知られているのにアタックを仕掛けたり、それでようやく付き合えるようになったり、思えばずいぶんと遠くにきたものだ。

私と悠の関係も、ずいぶんと変わってしまった。

「変わりましたよね」

しみじみと、呟いてしまう。

関係だけじゃない、きっと、変わったのは私そのものもだろう。悠の影響で、恋の影響で、変わってしまった。

悠の背中を追いかけていた幼い頃の私は、関係が変わるのを恐れていた。このまま時が止まってしまえば、そんな陳腐(ちんぷ)なことを考えてしまった日もあった。

でも、今はそんなことは思わない。まだまだ、悠とやりたいことはいっぱいある。

悠と行ってみたい場所も、交わしたい言葉も、やって欲しいことも、やってあげたいことも、たくさんあった。

私は悠の人生に、たくさんの爪痕を残したい。

もちろん、いい意味で。

思えば私は、ずいぶんと欲張りになってしまった。

悠の一部になりたい。古い細胞の代わりに生まれる、新しい細胞のように。もっと悠のことを知って、彼が必要とした時に人生の隙間を埋めてあげたい。

——悠の、未来になりたい。

願わくば、この恋が悠にとっての『ほんとうのしあわせ』になりますように。

私は、明日の天気が快晴であることを祈りながら、ベッドに潜った。

## ■あとがき

えっと、あとがきです。

というわけで2巻です。こうやって2巻を無事に刊行できたのは1巻を購入していただいた方々のおかげですので、本当に感謝しております。ありがとうございました。

そしてちょっと間が空いちゃいましたね、お待ちいただいていた方々には申し訳ないです。1巻分の原稿を書き終わった時から、ふんわりと書く内容は決まっていたのですが、具体的にどう描くかという部分で苦戦してしまいました。

書きたい内容は決まっているけど、テーマ的な部分の芯と味付けがいまいち定まらない。描くべき詳細がやや漠然としている。

結果、ラブ「コメディ」というよりは「ロマンス」の色が強くなってしまいましたが、そういった苦悩の末の内容です。もっと、くっつかない距離感でじれじれコントをやった方が……とも考えたんですけどね。そういうシリーズではないな、と思い至って、こうなりました。

恋愛をテーマにした男性向け作品は、おおむね多人数ヒロイン制の、恋のさや当てにカメラが向きがちです。それに対して、近年漫画などで主流になっているラブコメディは、ぶれない正妻ポジションと主人公との関係性を面白おかしく描いたものが多いですね。これは作品的には後者です。

ただ、ボクはその関係性を、スピードが緩く変化の少ないスローなドラマとして描くのではなく、もう少し関係性が進み変化のあるドラマに出来ないかなと思いました。

ヒロインレースをやるのではなく、それでいてシチュエーションコメディに徹するわけでもなく、もう少し真っ直ぐ恋愛というものを深掘り出来ないかな、と考えたわけですね。

これは以前から書きたい内容であったと同時に、近年の社会的価値観の変化や風潮を見た上で、その気持ちを強めてしまったことでもあります。

なぜ人は恋愛をするのか。恋愛というものの社会的意義が薄くなった時、生まれて死ぬまでに行う体験としてのコストパフォーマンスが悪くなってしまった時、なぜわざわざ恋愛するのか。

そういった、原始的な部分をもっと掘り下げれば、この世で一番可愛い幼なじみキャラがつくれるのではないか。

こうした一見高尚そうな味付けは、すべてキャラクターのためにあります。

この物語は、どうすれば「白雪心愛(しらゆきここあ)」が可愛くなるかということだけを考えて、そのために必要なパーツとして、社会情勢とか、社会的な価値観の変化とか、自由恋愛主義についてとか、アリストパーネスが語ったベターハーフについてとか、文学と恋愛と食文化の共通点についてとか――そういった、小賢しいことで頭を痛めています。

どのくらいの量の塩と砂糖を混ぜれば、このヒロインは甘く見えるのか。

物語は登場人物に尽くすために存在するべきだと考えていますし、ライトノベルをそのジャンルたらしめる要素があるのだとすれば、キャラクター小説であることだとボクは思っています。

長くなりましたが、要するに恋愛とライトノベルを追究していたら、2巻を書き上げるのに随分と手間取ってしまった、という全面的な言い訳を、このあとがきを通じてボクは書いているわけですね。この原稿、人生で一番時間がかかった気がする……。


そんなわけで、謝辞に移ります。

担当の庄司さん、おそらく胃が痛かったと思いますがありがとうございました。おかげさまで原稿は完成しました。そしてうなさか先生、本当に素敵なイラストをありがとうございます。

Vtuberの3名様にも引き続きご登場いただいております。もろもろ対応していただいている、やすゆき先生にも感謝です。

そして、タカヒロ先生に推薦コメントをいただいております。コメントの内容、シンプルに読んでいただけていることがわかって本当にありがたい。そんなタカヒロ先生が原作をされている『魔都精兵のスレイブ』、少年ジャンプ+様で好評連載中です。ボクの好きな巨大娘ヒロイン（能力で巨大化）もいる素晴らしい漫画です。

そして、漫画といえば——この小説も漫画になるらしいです！

担当してくださるのは長谷川三時先生。7月より、マガジンポケット様にて連載開始予定です。

ボクも一足先にネームやキャラデザ等を拝見しておりますが、すご〜くいい感じに仕上がりそうな気配ですので、是非是非お楽しみにしていただければ！

以上、あとがきでした。

また3巻でお逢いできることを祈って……応援よろしくお願いします！

2021年　七烏未奏

ファンレター、作品のご感想をお待ちしています。

あて先

〒112-8001　東京都文京区音羽2-12-21
(株)講談社ラノベ文庫編集部 気付

「七烏未奏先生」係
「うなさか先生」係

より魅力的で楽しんでいただける作品をお届けできるように、みなさまのご意見を参考にさせていただきたいと思います。Webアンケートにご協力をお願いします。

https://voc.kodansha.co.jp/enquete/lanove_123/

講談社ラノベ文庫オフィシャルサイト
http://lanove.kodansha.co.jp/
編集部ブログ http://blog.kodanshaln.jp/

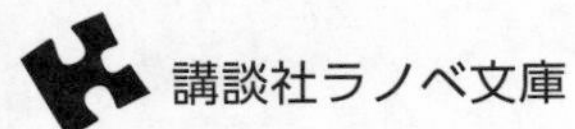

# 失恋後、険悪だった幼なじみが砂糖菓子みたいに甘い2 ～七夕のち幻影～

七烏未奏

2021年5月31日第1刷発行

| | |
|---|---|
| 発行者 | 森田浩章 |
| 発行所 | 株式会社　講談社<br>〒112-8001 東京都文京区音羽2-12-21 |
| 電話 | 出版　(03)5395-3715<br>販売　(03)5395-3608<br>業務　(03)5395-3603 |
| デザイン | 杉山絵 |
| 本文データ制作 | 講談社デジタル製作 |
| 印刷所 | 豊国印刷株式会社 |
| 製本所 | 株式会社フォーネット社 |



ISBN978-4-06-522196-9　N.D.C.913　247p　15cm
定価はカバーに表示してあります